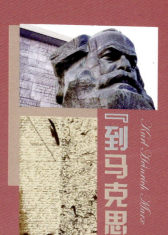

Karl Heinrich Marx

「到马克思的故乡去！」

聂锦芳 ⊙ 著

SPM 南方出版传媒

全国优秀出版社　全国百佳图书出版单位　广东教育出版社

·广州·

图书在版编目（CIP）数据

"到马克思的故乡去！" / 聂锦芳著. —广州：广东教育出版社，2017.9

ISBN 978-7-5548-1831-2

Ⅰ. ①到… Ⅱ. ①聂… Ⅲ. ①马克思（Marx，Karl 1818—1883）—人物研究 Ⅳ. ①A712

中国版本图书馆CIP数据核字（2017）第156269号

责任编辑：李红霞　王泽冰　肖　诚
责任技编：佟长缨　刘莉敏
装帧设计：黎国泰

DAO MAKESI DE GUXIANG QU

广东教育出版社出版
（广州市环市东路472号12—15楼）
邮政编码：510075
网址：http://www.gjs.cn
广东新华发行集团股份有限公司经销
广州市岭美彩印有限公司印刷
（广州市荔湾区花地大道南海南工商贸易区A幢）
890毫米×1240毫米　32开本　6.75印张　162 000字
2017年9月第1版　2017年9月第1次印刷
ISBN 978-7-5548-1831-2
定价：38.00元

质量监督电话：020-87613102　邮箱：gjs-quality@gdpg.com.cn
购书咨询电话：020-87615809

目录

1875年的马克思，
我最喜欢的一张照片。

我在特里尔马克思故居博物馆。

我来到马克思的故乡，在高地眺望著名的葡萄园和特里尔城全景。

德国地图。特里尔位于该国西南部边境，毗邻世界人均首富之国卢森堡（相距仅46公里），到巴黎、布鲁塞尔与去法兰克福所花费的时间差不多，距离荷兰和同为德语区的瑞士、奥地利也不远。

楔子　探寻理解马克思的方式

　　我来到位于德国西南部莱茵兰—普法尔茨州的特里尔（Trier）——卡尔·马克思的故乡，不是做走马观花的旅游和蜻蜓点水的参观，而是要利用受邀来进行合作研究和学术访问的机会在这座小城安心地住下来，考察、凭吊、研读和思考，度过一段不算太短的时光，意欲使自己了解、感受和领悟到的东西比以往更为鲜活、准确和到位。

时序已经推进到21世纪，距离马克思生活的时代已经过去近一个半世纪。以"马克思主义"为符码的社会运动和思想研究还在继续进行着，但必须看到，作为19世纪中下叶德意志民族一代思想大家的马克思，某种程度上在当代其实"已经悄然退场"。一方面，他曾经下功夫研究、现在也以隐性方式存在的一些重大而结构性的问题，以及提出的深邃见解及其论证并没有被揭示出来；另一方面，

《再道一声：小平您好》（法律出版社1997年版）书影。博士毕业后，我在中央文献研究室第三编研部工作过两年。1997年邓小平去世，我参与了此书的资料收集和编辑工作。

邓小平1985年8月28日与津巴布韦总理穆加贝的谈话记录。

人们在马克思的名目下阐发了那么多新潮的思想，实际上已经远远超出他当年观察和思考的界域，增添了很多不属于他的意旨和内容，更不用说还存在有意无意的曲解和误读了。尤为复杂的状况是，在"马克思之后的马克思主义"一个半世纪多的演进历程中，很少有论者是把马克思及其文本和思想当作一种单纯的学术研究对象来看待的，对他的理解和阐释加入了过多的现实考量和情绪成分，以至于出现了这样的情形：言说马克思的人越来越多，"挖掘"和阐释的思想越来越新颖，但马克思本来的形象和思想却越来越模糊了：马克思是谁？他是如何理解和思考世界的？他的思想与当代现实究竟是一种什么样的关系？这些问题越来越成为疑问了。在中国，马克思主义是建党立国的思想理论基础，占据着非常特殊而重要的地位，然而，这种情形并未使问题因此而获得厘清，连中国改革开放的"总设计师"邓小平都发出这样的慨叹："社会主义是什么，马克思主义是什么，过去我们并没有完全搞清楚。"

　　屈指算来，自己进入马克思主义专业领域已经30多年了。我的特殊性在于，从入大学哲学系到现在，学习和研究的对象没有发生过变化，还不仅仅是一直在马克思主义哲学这个大的学科和领域内耕耘，而且始终潜心和专注于马克思本人的著述及其思想。目前在马克思主义研究领域中从事研究的学者不少，但浏览一下其成果就可以知道，大多数人的心思其实已经远不在马克思身上了，人们生怕被视为"保守"和"落伍"，排除那些索性改行和转换方

向者，就是最切近的研究也转到现代西方哲学与马克思主义的比较和西方马克思主义、后马克思思潮的引介上面了。这种情形使我的选择在同代学者，特别是更年轻的学人中显得很"另类"和"边缘"。我并不认为这些研究不属于马克思主义研究，因而就看轻乃至否定人家的成果，但基于对历史发展进程的反省、时代格局和未来走向的判断，以及自己研究主旨的理性分析，我有自己特定的考量，特别不愿意"随波逐流"和"追赶时尚"，也就不后悔自己的选择。

在中国，有世界上最庞大的马克思主义教学、宣传和研究队伍，几乎每一所大学都设有马克思主义学院。

第五届全国高校马克思主义学院院长论坛
——"马克思主义理论学科：发展现状与前景展望"研讨会

主办单位
北京大学马克思主义学院
"中国道路与中国化马克思主义"协同创新中心

哈贝马斯（Jürgen Habermas, 1929—　），德国当代思想家，"法兰克福学派"第二代旗手。"西方马克思主义"是最近20多年最受中国马克思主义研究者关注的对象，特别是在年轻学者中间甚至超过了对马克思本人的兴趣。

探寻一种切近的途径和方式来理解马克思，是我多年来矢志不渝努力的方向。

和绝大多数中国学生一样，刚上大学的时候，我首先也是通过原理教科书来接触、了解马克思的思想和马克思主义哲学的。是至今不能忘怀的一段特殊的经历促成了我对这种方式、途径的质疑以及毅然决然的"反叛"：大学二年级的时候，我为准备考试而再一次阅读哲学原理教科书，看到其中引用了马克思那段脍炙人口的话："任何真正的哲学都是自己时代的精神上的精华。"

《马克思恩格斯全集》第2版第1卷（人民出版社1995年版）书影。这一版本改变了第1版以俄文为底本进行翻译的做法。

《莱茵报》影印件。这一时期的见闻和工作对马克思的思想转向具有重要意义

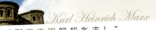
我当时产生了一种好奇：这段话是就抽象、宏观而言还是有特定的原始含义呢？马克思是在什么时候、谈论什么问题时产生这样的看法的？于是我抛开枯燥的教科书，去马克思的原文中去寻找，结果在他于"《莱茵报》时期"撰写的时事评论中，我发现了一个与教科书全然不同

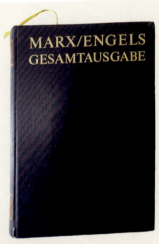

Marx/Engels Gesamtausgabe（Ⅰ/1, Dietz Verlag, Berlin, 1975）书影。这一版本又叫《马克思恩格斯全集》"历史考证版"，简称MEGA。旨在"按原始文字刊出全部作品"，特别着眼于定稿以外的准备稿、过程稿、修正稿、补充稿、笔记、提纲等等，是目前世界上马克思恩格斯著述最权威、完整的版本。

马克思博士论文《论德谟克利特和伊壁鸠鲁自然哲学的差别》（Über die Differenz der demokritischen und epikureischen Naturphilosophie）原始手稿封面。这是马克思登上德国思想论坛的"亮相之作"，虽然在其生前没有正式出版，但当时在青年黑格尔派中已经引发了很大的震动和反响。

马克思博士论文"献词"。激情澎湃，充满对自由和自我意识的向往，又坚持"定在中的自由"（指人的自由存在于与自然和社会的关系之中，受到一定的制约，而不是任意的）。

的思想世界！那种宽广的视域、澎湃的激情和论辩的逻辑与此前我心目中的马克思的形象大相径庭！尤其当我发现马克思在"博士论文"中甚至说出"唯心主义不是幻想，而是真理"这样振聋发聩的话，这对已经被灌输成从坚定的唯物主义立场来理解马克思的思路来说，简直是一种颠覆！由此我受到了多么大的震撼也就可想而知了。

尽管后来带有专业性质的、系统的阅读和思考使我能从思想传承、发展和建构的过程中更加客观地理解马克思这些看法的原始情形及其思想演变，但从那时起，我便逐渐明白了：所谓"唯物主义""唯心主义"在马克思那里根本不是带有政治倾向的哲学判断，而是理解世界的不同方式；较之抽象的哲学原理，文本和哲学史其实才是理解和阐发马克思思想最重要、最直接的基础。

这种认知在我后来的研究经历中也得到了佐证。我曾经跟随导师从事过一段认识论的学习和研究，集中讨论"主体自我意识论"。尽管论文后来也得以公开发表了，但研究过程却相当艰苦，自己对最终成果并不满意。因为事后我发现，如果按照原理的方式阐释马克思的认识论，那么就是教科书的路数，即从反映论讲起，然后考察从感性认识到理性认识再回到感性世界的路线。而认真思考就可以知道，这是一般唯物主义的认识论，揭示的是一条线性的认识路线，根本没有达到马克思认识论的水准。那么，马克思的认识论到底是什么呢？应该是"博士论文"

《德意志意识形态》
"序言"手稿。

《政治经济学批判》
第1分册（1859）扉页。

马克思就《资本论》
第1卷出版事宜于1867年8
月16日致恩格斯信手稿。

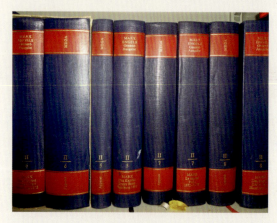

MEGA第二部
分"《资本论》及
其手稿卷"部分书
目。

中所阐释的主体自我意识论，《德意志意识形态》中所建
构的历史的本真存在与对历史的观念把握、文本"编纂"
之间的关系论，《〈政治经济学批判〉序言》中所论述的
观照世界的艺术、宗教、实践、哲学方式论，《资本论》
及其手稿所阐发的"普照光"方法、"人体解剖"方法、

"从后思索"方法和"抽象—具体"方法等。而没有深入的文本功底和哲学史的训练，这么复杂的思想建构是呈现不出来的。

我的博士论文的题目是《马克思恩格斯哲学观的当代阐释》，后来列入"思想之旅书系"并以《哲学原论——经典哲学观的现代阐释》为名出版（中国广播电视出版社1998年版）。

现在看来，它是两种思路交错支配的产物，一方面试图以"探索与嬗变""分化与再生"把马克思、恩格斯对元哲学的思考完整、系统地梳理、阐发出来，进而在世界哲学的总进程和总图景中予以定位；另一方面又提出一个以哲学的元性质（对象和基本问题）、哲学方法论、哲学史的意义、哲人之思、作为社会意识形式的哲学为先验的框架来观照、挖掘马克思、恩格斯的思想。尽管在以《"回归"与重构》为题的"结束语"中，我提到了文本的价值、"回到马克思"的实质等问题，但现在想来，对马克思、恩格斯思想的梳理和解读是远远不够的。为此，

《哲学原论——经典哲学观的现代阐释》书影。

《马克思的"新哲学"——原型与流变》书影。

在数年大量文献、文本研究的基础上，2013年我主编出版了《马克思的"新哲学"——原型与流变》（中国社会科学出版社2013年版）一书，算是对博士论文不足的一种弥补。

1998年我调入北京大学哲学系任教。北大哲学学科一向有注重文本、文献基础和理论分析的传统，并且在中国首先开辟了马克思主义哲学史学科方向。2000年5月5日，北京大学成立了国内高校中最早的"马克思主义文献研究中心"，并委托我专门从事收集马克思各种版本著述及其相关文献资料的工作，这为我的研究提供了相当便利的条件。

我利用悉心收集来的资料，对马克思手稿、笔记、藏书的保存、流传情况进行了梳理，选择不同时代有代表性

北京大学马克思主义文献研究中心原在静园四院有两间专门的图书室，多种语言、版本的马克思主义文献均是由我收集的。图为MEGA文献和西方马克思主义研究资料。

北京大学马克思主义文献研究中心原来收藏的俄、德和中文资料。

的12种关于马克思著述的"书目志"，特别是几类语种的马克思全集编辑过程中的书目统计，再对比荷兰阿姆斯特丹国际社会史研究所所收藏的"马克思手稿、笔记目录"和"历史考证版"（MEGA²）已经出版部分的收文情况，从"书志学"方面对马克思一生撰写的著述和书信进行了统计，然后，从中选取53部最能表征马克思思想特质、内涵以及发展历程的重要著述，对其写作与出版情况进行了考证。此外，我还对"通行本"研究中的遗漏、经典研究中的空白、马克思文本研究中的几种类型，以及近年西方马克思主义研究界有关"马克思主义之后的马克思"的提法所表征的新的研究动向和目前中国马克思主义哲学文本研究的现状和趋势做了分析。上述工作体现在《清理与超

我在北京大学人文学苑自己的办公室。哲学系迁入人文学苑二号楼后，马克思主义文献研究中心的办公室不再保留，原始图书大部分归入系图书室，牌匾无处安放，由我暂放在自己的办公室内。

楔子 探寻理解马克思的方式

《清理与超越——重读马克思文本的意旨、基础与方法》书影。

越——重读马克思文本的意旨、基础与方法》（北京大学出版社2005年版）一书中。

在此基础上，我逐步展开了对马克思文本个案的深入解读和研究。这方面最显著的成果是我对《德意志意识形态》的研究。我依据这一著述的原始手稿、MEGA^{2}编辑的最新进展和研究动态，对其产生背景、写作过程、版本源流进行了翔实的梳理和考证；之后又按照原书写作的先后顺序，对其各个组成部分，特别是学术界研究非常薄弱而又占全书绝大部分篇幅的第一卷中的《圣

《批判与建构：〈德意志意识形态〉文本学研究》书影。该书入选《国家哲学社会科学成果文库》。

麦克斯》《圣布鲁诺》部分以及第二卷的《真正的社会主义》进行了详尽的释读，对过去相对来说较为熟悉的《费尔巴哈》一章的内容也重新作了认真辨析；在此基础上，我又根据自己的理解，对其中各章节所关涉的重要问题和思想一一进行了深入的讨论，从总体上重构了整部文本的理论视界和逻辑架构，从而勾勒出马克思透过观念世界和意识形态的层层迷雾，"从现实出发"观照和理解人、社会与历史的致思路向，并将其置于人类思想史的进程和当代社会实践图景中，阐明其现实价值与意义，给予其客观的历史定位。

之后，我又专门将MEGA^{2}目前已经出版部分所涉及的《资本论》文献做了全面性的梳理和甄别，不仅涉及MEGA^{2}第二部分"《资本论》及其手稿卷" 15卷24册，还注意到其第三部分"书信卷"第8—35卷大量涉及《资本论》的通信和第四部分"笔记卷"第2—9卷所刊布的作为《资本论》准备材料的四个笔记等文献，特别是鉴于目前几乎所有的研究者所依据的《资本论》第1卷的版本都是由恩格斯整理的德文第4版，我下相当大的功夫梳理和甄别了其他版本（德文第1版、第2版、法文版、德文第3

马克思主义经典著作研究读本

主编 杨金海 李惠斌

马克思《资本论》研究读本

聂锦芳 彭宏伟

中央编译出版社

《马克思《资本论》研究读本》书影

《〈资本论〉及其手稿
再研究：文献、思想与当代
性》书影。

《"巴黎手稿"再研究：文
献、思想与历史地位》书影。

版、英文版与德文第4版）之间的内容差异。在此基础上，
我与我的一位博士生合作撰写了《马克思〈资本论〉研究
读本》（中央编译出版社2013年版），又主编了《"巴黎
手稿"再研究：文献、思想与历史地位》（中央编译出版
社2014年版）、《〈资本论〉及其手稿再研究：文献、思
想与当代性》（经济科学出版社2013年版）等著作。

　　总之，以往的教训启示我们，不能通过原理教科书和
后人在特定条件下的阐释来学习和掌握马克思主义，原始
文本、文献才是最重要、最直接的基础。只有对其重要文
本个案进行全面、系统且深入的研究，才能呈现马克思思
想的原貌、复杂性及其演变轨迹，进而彰显其思想史意义

用多种语言标示"特里尔"的街
头广告牌。

印有马克思头像的城市旅游车。

和现实价值，凸显马克思主义的当代影响力。

此外，作为一个专门从事马克思文本、文献及其思想研究的学人，我很久以来还有一个愿望，就是到马克思生命诞生、思想起源之地生活一段时间，通过亲身的观照和体察，以使自己的研究带有更多的感性支持。很显然，这是理解马克思思想更为直观的方式。现在我获得了这样的机会，何幸如之！

让我们一起来分享马克思故乡的历史和现状、人文传统、自然环境和当代生活吧。

楔子　探寻理解马克思的方式

15

第一章　古迹·风景

在特里尔市政府网站首页界面上，赫然标明它为"德国最古老的城市"。在德国，不只一座城市声称其为历史最古老者，但特里尔市政府当仁不让地指称："公元前16年，罗马皇帝奥古斯都将这里建成后方重镇，这一年是特里尔的开始。"

在这座方圆面积不大的城中心区域，很多古罗马时期的遗迹依然完整地保留着。

作为该城标志的黑门（Porta Nigra）巍峨矗立，由白变灰再呈黑色的巨型沙石外形饱经风霜雨雪的洗礼，静默地

特里尔市政府网站（http://www.trier.de/Startseite）首页界面。

作为特里尔城标志的黑门。

俯视着从门洞下经过的路人。

　　站在君士坦丁宫（Konstantin Basilika）大堂之内，抬头仰望高耸的屋顶，让人体验到何为真正的富丽堂皇，更令人惊诧的是，约1700年前建造这幢建筑时，其材料竟然全部运自埃及！

君士坦丁宫外景。

君士坦丁宫内景。

　　始终没有完工、现在外表呈断垣残壁状的凯撒浴场（Kaiserthermen）地面中央是一块偌大、碧绿的开阔地，根据拉丁文古文献才得以找到并挖掘出来的地下热水供应和排泄系统，如迷宫一般复杂却又井然有序，显现着古罗马工程和技艺的卓绝水准。

凯撒浴场内景。

凯撒浴场外景。

圆形剧场全景。

　　可容纳两万余名观众的圆形剧场（Amphitheater）现在依然是每个季度都举办的古罗马音乐节（Antikenfestspiele）的理想场地，驻足于此，耳际依稀回荡着角斗士们激烈的搏击声和观众的欢呼声。

圆形剧场入口。

特里尔大教堂（Trierer Dom）与上述建筑相比年代较晚，但仍是德国最古老的主教教堂。通过回廊与圣母教堂（Liebfrauenkirche）相连，融入古罗马、萨利安式、哥特式和巴洛克式诸多建筑元素，内外皆恢宏而大气，成为特里尔富有表现力的教堂建筑群。

特里尔大教堂外景及内殿。
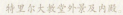

　　目前最繁华的中央集市（Hauptmarkt）广场喷泉是以圣彼得及四美德（Four Virtues）为题材修建的，周围建筑则都是中世纪和文艺复兴时代留下来的宝贵财富，如施台普（Steipe）和红色之屋（Rotes Haus）。前者曾为宴会厅，现在则是新建的玩具博物馆（Spielzeugmuseum）。此外，在城中心不大的区域内，古建筑还有很多。

中央集市广场喷泉。

中央集市广场周围建筑。

城中心随处可见的古教堂。

城中心随处可见的古
教堂、古建筑和古雕塑。

在特里尔城中心，著名的莱茵河州立博物馆（Rheinisches Landesmuseum）虽然是晚近的建筑，但庞大的面积、极为丰富的展品，呈现出莱茵河流域从古迄今漫长而曲折的发展历程，展现的真正是一部"流动的"欧洲文明史。

我在莱茵河州立博物馆入口处。

莱茵河州立博物馆室内展品。

这些建筑在后来均进行过修缮和装潢，但主体结构和样式一如当初，而且均分布在位于布吕肯大街（Brückenstraße）10号和西蒙大街（Simeonstraße）8号的马克思两处故居和位于诺伊大街（Neustraße）83号的燕妮故居的周围，步行最远不超过20分钟。

　　源远流长的古罗马文明滤去时代的风尘、战争的残忍、王权的威严和思想的宰制，保存下这些恢宏的建筑艺术和更多的人文经典，处处彰显着辉煌、秩序、平等和尊严；马克思和燕妮就是在如此浓郁的历史和文化氛围中诞生并长大的。

　　与高大而厚重的罗马古建筑、博物馆遍布的城中心不

从高地俯瞰特里尔城郊。

特里尔城郊，原始森林。

特里尔城郊，树林、草地和牛群。

特里尔城郊，树木挺立云霄。

原始森林中的一块墓碑。依稀可以看出，它立于1856年，那时马克思还在世。

同，广袤的郊区则是马克思在博士论文"献词"中提及的"风景如画的山野和森林"。大片的草地、茂密的树木，放眼望去，满目是绿；一年四季，即便是在冬天亦复如此，而夏秋时节则更是缤纷多姿。

特里尔城郊，雪后原野。

清澈而美丽的摩泽尔（Mosel）河从城市左侧穿过，在东南方向10公里外与萨尔河汇合，向东北延伸100公里到科布伦茨与莱茵河交接。沿着马克思故居博物馆前的大街往西走十几分钟就到河岸边了，宽阔而洁净的水面与两岸连绵的树丛，给人赏心悦目之感。

特里尔城西摩泽尔河畔风景。

　　摩泽尔河与萨尔河交会处风景。从特里尔往北溯流而上，一路风光秀丽，秋色宜人。

　　作为对前一节内容的补充，这里还需要提及另一座古罗马时期的建筑，即横跨于特里尔城西摩泽尔河之上的罗马桥（Roman Bridge）。它建造于公元144—152年间，至今仍在使用。

建造于1865年前的罗马桥目前仍在使用。

罗马桥上的十字架。

特里尔城郊葡萄园春、夏、秋、冬的不同景色。

圣诞节到了，我特地去超市买了特里尔产的葡萄酒及饮料，准备与房东聚餐。

低缓的红砂岩山坡上，种满了葡萄，简单的架子齐整地排列在梯田上，远远望去，像一支支庞大的绿色军阵和乐队，这是著名的"摩泽尔-萨尔-乌沃"（Mosel-Saar-Ruwer）葡萄酒产区——哪有一丝马克思当年在《摩泽尔记者的辩护》中忧虑的"贫困"的影子啊！

第二章　小镇生活

　　不知德国作家的笔下是否有对伊尔斯（Irsch）细致的描绘，但对于中国人而言，在这个并不出名的马克思故乡的小镇居住达一年之久的，笔者肯定是第一人，所以我将在这一章中详细地介绍我所遭遇和看到的一切，使国内的读者对德国最普通的村镇及其居民生活有所了解。这对思考马克思的思想在其故乡的实现状况也是很重要的感性材料。

1. 初来印象

　　Irsch小镇位于特里尔的东南方向，距离城中心约6公里，距离特里尔大学约4公里。一条由湿地和树林构成的宽阔而低矮的谷地向东西方向延伸，一栋栋二三层小楼分布在谷地的缓坡上。

Irsch小镇谷地南侧房舍。我租住的房子就在这里。

特里尔交通指示牌，分别告知城郊几个小镇的位置和通往城中心、大学的方向。不外出的时候，我每天下午都要花一两个小时在这一带散步、锻炼。

Irsch小镇北面入口。这样的镇名牌在Irsch有三块，分别立于北、西、南三个镇界。

Irsch小镇驻地及其北侧。

初来乍到，这里的干净和静谧让我这个从北京来的人感到惊讶。家家窗明几净，连屋顶的玻璃也没有尘垢。我住所的窗户临街，偶有汽车和行人经过。住过大半年后，有一次我特地用手抹了一下窗台和玻璃，几乎没有一点灰尘的痕迹，屋里地上的纤毫也多是衣服上掉下来的。季羡林曾经描述，他当年留德期间所居住的小城哥廷根有家庭主妇用肥皂水清洗马路，在Irsch小镇我倒是没有见过（后来，我在布鲁塞尔郊外去滑铁卢的小镇上见证了这样的场景），也没有见过清洁工打扫街道。每一户人家的垃圾都有专用塑料袋严格分类装好，放到垃圾桶里，每周都有专门的卡车拉走。

Irsch小镇典型的一户临街住宅，无围墙、无护栏，洁净而安全。我每次外出都要路过，白天会看到一个老太太在收拾草地和窗户，和蔼地向路过的人微笑、打招呼。

从我住的房间可以一览无余地看到仅隔一条小马路的对面的邻居家。他们一家四口人，有三部车，但总价格还不到在中国销售的同样品牌车的三分之一。这是男主人利用周末不上班的时间检修车辆。

我住的房间右侧的几户邻居。

　　除此而外，印象最深刻的，就是这里治安状况的良好：家家没有围栏，更不用说院墙了，窗户挨着马路，从外面看里面一览无余，平时有白纱绸遮挡，晚上放下卷帘就可以安然入睡了。

　　Irsch北面谷地南侧第一家住户，靠近十字路口和公交车站。

　　Irsch北面镇口第一家住户，临街，面向马路和谷地。

　　镇上竟日净洁而安静，家家门前户后花团锦簇，各具景致。

黄昏时分，夕阳照着街道。

　　Irsch小镇地处高地，早晨太阳一升起，阳光就洒满了街道。

一对骑车锻炼的黑人父子向我微笑着打招呼后远去。

朗日半杆，多数人家窗帘还未拉开，小镇还在沉睡。

德国人星期日绝对不工作！超市关门、工地歇业，连平时早、晚七点和中午十一点半定期敲响的教堂钟声也不再响起。朗日半杆，多数人家窗帘还未拉起，人们还在沉睡。街道上只有我和一对骑车锻炼的黑人父子，我们微笑着打招呼，好像此刻这美丽的景致、整个特里尔乃至德意志都只属于我们这些异邦人了！

2. 居民生活

镇上没有商店，甚至小卖铺之类的杂货店也没有。买日常生活用品需要到3公里外位于塔尔夫斯特（Tarfost）的超市，坐车需要5分钟，步行约20分钟；买贵重一点的东西则需要到市中心，坐车约15分钟。家家户户有车，公交车有三路，每小时一趟定时开，居民们也没有感到太大的不方便之处。为了照顾老年人，每周二和周四有专门的面包车、运菜车走街串巷送东西到家门口。另外，接触多了会发现，德

Tarfost公交站的公益广告，典型地反映了大多数德国人的思维方式和生活观："我们今天已经想着明天。"

位于Tarfost的超市有两间，价格上有点差别，供不同收入的人选择。此外，这里还会集了餐馆、咖啡馆、银行、理发店、花店和化妆品专卖店等，一家土耳其餐馆，主打一种叫Döner的食物，我经常光顾和食用。

家庭幼儿园的小朋友外出游玩时路过我的窗前。

国人是严格"按照计划"生活的，双休日、节假日和宗教活动期间，即便超市、商店不开门（少数开门的一般都是亚裔人），他们也都事先预备好了食物、用品，一般不会出现"冰箱空空如也""手忙脚乱"的情况。

　　在我住处附近有一所公立小学、几家家庭幼儿园、一个非常专业的足球场。此外，我还发现，从Irsch出来，经过Filsche、Tarfost两座小镇，再到大学，路途不过四五公里，竟然有六个足球场！一到下午，各个年龄段的人都活跃在操场上。在一个足球场围栏的绿色牌匾上醒目地写着："Fußball ist Zukunft（足球就是未来）！"

Irsch镇小学。

颇具专业水准的Irsch足球场。

足球场围栏的绿色牌匾。

　　镇上充满了浓郁的宗教氛围。这是镇口公交站对面的神龛，素雅而肃穆。

　　镇口公交车站斜对面的神龛，有专人定期擦拭灯盏、替换鲜花和点燃蜡烛。

　　每逢宗教节日，镇上竖起的高杆顶端会挂上花环和彩练。

　　Irsch居民精神生活的中心是离我住处不远的一座教堂。

　　从我的住地胡萨尔戈森（Husarengäßchen，我也不明白这个词是什么意思，特里尔大学里的很多人都不知道这条

Irsch小镇教堂外景。

街道，但在谷歌地图上可以搜索到）5号出来，沿着一条布满青苔的小巷走100多米，再右转向北50米是一座教堂，路东则是一块墓地。镇上去世的人一般都集中安葬在这里。

Irsch小镇教堂外墙及其朴素的装饰。

Irsch小镇教堂外的墓地，墓碑简单而雅致。

万灵节，镇上的人们在一起祭奠故人。

礼拜后众人来到教堂外的空地上喝酒、聊天。

小乐队演奏助兴。

学生邀我留影。

小朋友在教堂外玩耍。

　　每到星期日，人们都会集于此，来做礼拜。如果是国家法定节假日或者宗教节日，来的人会更多，旗杆上还会挂上四面彩色旗帜，并邀乐队来演奏助兴。午后，做完礼拜的人们聚集到外面的草坪上，喝酒、吃点心、聊天，汽车运来成箱的啤酒，人们喝得非常尽兴。见我走过来，两位老人与我打招呼，其中一个人竟知道我是中国人！（我估计是我的房东跟他们说的）还有一个年轻人问我来德国干什么，我说："研究马克思。"年轻人愣了一下，说："我不知道马克思是谁。"老人提醒他："就是城里有博物馆的那个人。"年轻人才恍然大悟。我问他："你知道马克思是什么样的人吗？"年轻人摇摇头，说好像只在中学宗教课本上见到过一次他的名字，具体内容忘记了（我估计可能是说马克思是一个无神论者）。有两个姑娘见我是个外国人，也凑了过来，还要单独跟我留影。我平时是拒斥喝酒的，但在这秋意浓郁的下午，也接过一杯喝下去，感觉特别沁人心脾。

对于目前困扰中国普通百姓生活最主要的教育、医疗和住房"三座大山"，这里的解决方式是这样的（德国是一个联邦制国家，各州高度自治，经济等状况彼此之间多有差别，特里尔所在的莱茵兰—普法尔茨州属于比较富裕的地区之一）：

小学生和初中生一般每天只有上午上学，下午大多数学生踢球或者游玩，看不出有什么压力。初中毕业后约一

雪后我去Irsch高岗上散步，滑雪的一家人停下来与我打招呼，并且让我拍照。

Tarfost超市附近的一所小学。每次路过看着他们尽情玩耍的情景，每每令人想起国内奔波在去补习班的路上打瞌睡的小朋友。

半学生升入职业学校，学习一门技术或者手艺，并以此谋生；另一半进入高中，准备将来考大学。从就业后的情况看，两类人的收入差不多，由于前者更了解社会基层的情况，州议会中的很多成员来自前一类人。德国大学不收学费，留学生与本国学生一视同仁。

医疗方面，绝大部分德国人在基层解决看病问题。特里尔每几户家庭就有一个家庭医生，负责每个家庭成员身体状况的观察、监督和处理，通常按照健康状况编排一份表格，根据轻重缓急定期联系，检查身体、督促锻炼并落实治疗意见与方案。对于病情比较严重的患者，家庭医生无法处理时会将其转入社区医院治疗，而做过手术的患者，都会被安排去风景优美的疗养所休养。最后，疑难病人才进入市和州立医院，在极其安静、温馨的环境中

德国的家庭医生非常敬业和负责，绝大部分人在基层解决看病问题。

德国的医疗设备举世闻名，医院的环境也温馨而净洁。

走完人生最后一程。较之于前两种方式昂贵的费用，市和州立医院的治疗却是免费的。

在特里尔，收入较低和外来工作的人一般住在市中心的公寓里，中等收入以上者则住在城郊。城郊的住房一般在300平方米以上，一般是自己先买块地，再在上面盖房子，也有几户人家联合起来找同一家公司设计建筑的。我认识的一位教授在10年前买了这样一栋房子，当时的价格是27万欧元，我快回国时他说又买了一套，面积差不多，价格是28万欧元，也就是说，10年间房价涨了1万欧元。

午后在休息的邻居。他与妻子、两个女儿住在这栋三层高的房子里。他在城里开着一家杂货铺，妻子是城里宾馆的大堂经理，两个女儿在上初中。

第二章　小镇生活

3. 我的房东

古迹、风物之外，在特里尔一年，我最重要的收获，是与维罗尼卡（Veronika）夫妇的交往。通过他们我了解了普通德国人的生活、习性和特点。

房东的房子。门口放伞的那间由我租住。

我的房东Veronika夫妇。他们下午锻炼回来，走过我的窗口，我为他们留影。

这是男房东带我去市政厅（Rathaus）办理的户口证明（Anmeldebestätigung）。

男主人叫库尔特·维罗尼卡（Kurt Veronika）。年过七旬的他属于马克思毕生所关注的典型的普通工人阶层，退休前是刀具公司的技工，现在与其典雅的妻子施尔根（Schergen，退休前是小学教师）住在一栋属于自己的单独的三层小楼里，靠退休金生活，平时料理家务，偶尔外出度假，日子过得富足而安逸。

男房东Kurt在修理工具，外孙女Katharina在一旁嬉戏。

典雅的女房东Schergen在清理我住房前面的花坛。

但我们的交往一开始并不融洽。

犹记得很久以前学《初级德语》时课本上的说法：一般人不愿意住在领养老金者家里，因为他们会不停地监视和检查你，弄得你不舒服和不愉快。不料，我也遭逢了这样的问题。由于特里尔大学与北京大学没有校方正式的校际交流关系，我刚去时无法在校内居住。辗转找到了学校附近的一套房子，但家徒四壁，屋内什么设施也没有，需要找人陪同我去城里一一购置，几天内显然无法办成。而

我事先仅预定了三天的旅馆，在我居住了五天后新的客人到来，老板无论如何也不让我赖下去了。情急之下，汉学系刘慧儒老师帮我联系到了距离学校4公里的位于Irsch的房子，说房东是一对退休老夫妇，室内各种设备齐全，可以"提包入住"。

我租住的房子位于Irsch的Husarengäßchen 5号。

我租住的房间内景。

一开始除了谈妥租金数额、缴款时间、双方权限之外，房东还立下很多规矩，比如，垃圾要分成三类，按照不同的方式进行处理；必须到外面（比如学校）去洗衣服，而不能在他家里洗；我的房间通往走廊的门晚上可以关上，但白天必须开着；等等。这些规定，有的是合理的，有的则不明所以，不知道他为什么有如此要求。刚开始那几天，男房东的口音尤其令我苦恼。我的德语听力比较差，而他说的似乎也并不纯正，所以基本上听不大清楚，实在没有办法就只能让他用笔写下来，这样才能明白他的意思。我询问了陪我去的汉学系教师，他们告诉我，男房东说话确实带有浓重的卢森堡口音，他们听着也比较费劲。好在女主人是退休教师，她说话比较慢，而且发音非常标准，我听起来就容易多了，可惜她很少下楼来。

起初正如教科书所说，男房东白天总会在住房周围巡视，让人很不自在。但一周之后，我逐渐领悟和明白了房东的各种忌讳和规定，他没有发现我有什么令他不满意的行为和习惯，也就不再如此了。在磨合了一个月后，我们的沟通方式渐渐畅通起来，他们觉得，这位中国教授生活规律，交际简单，严守规矩，除有事外出之外竟日在屋里看书、写作。他们感到很放心，很满意。

我与男房东Kurt穿着睡衣自拍。

男房东Kurt对特里尔大学汉学系梁镛教授说："聂教授很好，我们相处得非常愉快！"

　　我白天工作的时候，房东下楼来办事，有时会敲门进来，递上一块点心或者水果，提醒我休息一下。他上初中的两个外孙女放学后到这里来，他们会让她们来我房间聊天。

房东两个外孙女放学后在我住处外的马路上跳绳。

知道我要回国，房东的大外孙女Katharina与我留影。她说，她初中毕业后不准备上精英大学，要去职业学校就读，学习一门技术，将来以此谋生。在她心中，中国太遥远了，但她渴望来这里旅游。

渐渐地，我也摸清了房东的一些活动习惯，比如，特里尔所在的这个州有个比较奇特的法律规定，在夏秋时分每一户的草坪必须每两周修剪一次（其他有点"奇葩"意味的规定还有，晾晒在户外的衣服不能让外人看到、午休期间婴儿的哭声也不能让邻居听到等，这些行为被视为对他人的不尊重和惊扰，一旦发生这样的事，就会有人报警）。因我门前的这块草地很小，房东主要修剪与他们夫妇居住的二楼连接的另外一块大草地，而我极少上楼去，所以很长时间里都不知道此事。我偶然发现之后，每次修剪草坪都是由我执除草机，老人在一旁指导。

通过几级台阶上去，房东家有一块很大的草坪。

我住处门前的景色。

房东居住的二楼客厅里烈火熊熊燃烧的壁炉。

男房东每天都要开这部车外出数次。冬天快到了，他找来拖斗，挂在车后，我们准备到林地拉枯木块去。

　　男房东每天都要开车外出数次。车从我的房前经过，每次发现他拉着比较重或者体积大的东西，我都会立即出来帮助他运送。二楼的客厅在冬天还烧壁炉（其他房间是电暖气），所以秋冬交替时他会去外面的林地拉回很多枯木块，每次都是我帮他搬到仓库整齐地码成柴垛的。看到我帮助他们干活，女主人在远处会不住地感谢，末了递过一杯水来。男房东开车去位于Tarfost的超市的路与我去大学的路正好相同，平时我喜欢步行，但他总要问我是否需要坐车，如果有急事他一定把我送到校门口，再折回来去超市。

我们的关系越趋融洽、和谐，半年之后，大学附近有租金更便宜而设施也很齐备的房子，但我已经不愿意搬离了。

　　居住半年后，有一次外出回来后发现，房东把我以前用过的餐具全部换成新的了。

　　房东外出度假，逛市场时给我买的小礼物。她说："像个哲学家。"

　　圣诞节的晚上，不胜酒力的我喝得有点超量了。饭后女主人给我和男房东留影。那晚我们聊了很久，他们详细地询问我的家庭情况，我从电脑上让他们看了我父母的照片，知道两位老人均已去世，女主人说："这张照片你俩倒像是父子。"

　　圣诞节时，我与女主人合影。

我要离开特里尔回国了，临行前我和男房东留下的自拍照。

离开前一天，我给男房东拍的照片。这个不大会用电脑、也不怎么上网的老人，使用的还是需要冲洗胶片的老式照相机。

现在回忆房东，除了生活规律、办事认真而刻板外，还有一些印象深刻的事。有一次，我房间的灯坏了，我去超市没有发现同一类型的灯泡，就告诉了男主人。原来，这类物件在他那个整整齐齐的杂物间里均有备用品。他马上找出来，到我房间来安装。我个子比较矮，站在地上够不着天花板上的灯口。他比我高一些，但也还差一点。本来旁边有一把椅子，拉过来踩上去就可以安好，但他坚决不允许我这样做，而且一直向我道歉，说他的梯子被小镇上另一户人家借走了。他还说："现在已经夜里九点多了，就委屈你一晚上待在黑暗中吧！"我实在不理解他为什么不用椅子来解决这个问题，僵持了一下，最后他终于说出了原因："它是专门用来坐的，不是梯子，不能踩！"第二天天刚蒙蒙亮，男房东起早去把梯子拿回来，敲开我的门，迅速把灯泡安好，并再次向我道歉。

这就是德国人的思维！专用的东西专门使用，不能变通，不可混用。仔细想想，是该嘲笑他们的死板还是尊敬他们"固执"的规则意识呢？

4. 德文手迹

马克思手稿的笔迹难以辨认和理解是众所周知的，他不仅字体潦草，"连作者自己有时也辨认不出"，而且大量使用特殊记号和缩略形式，有的地方则"往往只写下几个不连贯的句子"，表示此处的"阐述还不完全"。恩格斯晚年"花费了相当多的时间"来整理这些手稿（主要是《资本论》第二、三卷），"往往费很大劲才能辨认"出这些字体，以至于"长期视力衰退"，使他"不得不把写作时间限制到最低限度"，"在灯光下写东西也只是很偶尔的事情"，最后竟至于几乎双目失明的程度，也没有整理完毕，留下了跨越两个世纪、迄今为止才完成了稍多一半工作量（59卷）的巨大的世界文化工程（114卷）——MEGA的整理、编辑和出版。

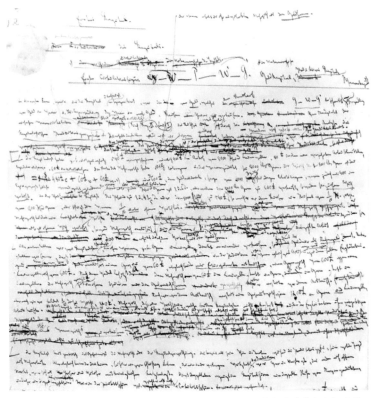

马克思《资本论》手稿。

像马克思这样笔迹不好辨认的例子是绝无仅有的吗？或许是我接触的手稿原件过少的缘故，来德后我才发现，情形绝非如是，即便是德国人工工整整写下的笔迹，不费一番周折，也很难轻易辨认和理解。

最初有这样的体会来自于我与房东的交往。在我交了3、4月份的房租后，老头特意开车去城里买了正式收据，认真填写好后送到我房间。我想，即便自己的德语水平再不高也不至于看不懂简单的收据吧！但事实却是我一时竟没有全看明白，辨认再加琢磨了一天后才彻底弄清楚。

原来，房东连笔写的字母中e与c是区分不出来的，而t则根本认不出来。我通过识别Miete+Nebenkosten（租金+附加特殊费用）的单词，才猜出他写的每个字母。更有意思的是，字母虽然看清了，但很多单词是缩略形式，必须好好琢磨才能明白意思。比如，签名K.+V.Schergen，什么意思呢？原来，应该这样解读：老头名Kurt，姓Veronika，老太太随老头姓，名Schergen。

辨认如下：

Dreihundertsechzig

Herrn（Nie）

Miete+Nebenkosten Monat April 2015

31.03.2015

K.+V.Schergen

Einhundertzehn

Herrn（Nie）

Miete+Nebenkosten V.23.03−31.03.15

31.03.2015

K.+V.Schergen

房东给我的3、4月份房租收据。

如果说是由于老人年龄大、手写不利索导致这种情况倒也罢了，但我发现，只要是手写体，即使是路牌、村标

也不大好认，特别是T、I、F这三个大写字母，如果不注意甄别"丨"上面连着的"一"是在中间、右边还是左边，就极容易把它们混淆。比如，从特里尔大学往我的住处走，在一个交叉路口上，指示牌一个方向指着Filsch，另一个方向指着Irsch，这两个地名又常与Trier连在一起写，又因为大部分人只知道Trier，如果不对照印刷体，就极容易看成Tisch和Trsch。谓予不信，请看两张照片。

黑色青铜铸造的Irsch镇名牌匾。

位于另一小镇Filsch的建于1846年的黄色小旅馆。

　　一张是在我居住的Irsch镇口竖立的黑色青铜铸造的村名牌匾，上面写着：Trier Irsch（特里尔市伊尔斯镇）。另一张是在另一小镇Filsch（费勒斯），路边有一座黄色的小旅馆，上面写着：GASTHAUS Filscher Häuschen Seit 1846（建于1846年的费勒斯小旅馆）。其中Filscher Häuschen（费勒斯小旅馆）就是手写体，字母F与T相似，我估计大部分人会认错。还有，这个小旅店外墙上手

写体中的两个s，如果不仔细琢磨，也根本认不出来。当然，在这儿待的时间长了，多注意观察和了解一些背景情况，是能弄清这些细节和原委的。

这座黄色小旅馆建于1846年，距离马克思离开此地已经11年，所以他应该没有见过这栋建筑。现在它已经不再被使用，但特里尔人还是将其保留下来，定期有人来打扫、清洗，还特地在此设置了一个公交站点，并以Filscher Häuschen来命名。

琢磨这些事好像没有多大价值，但是不是挺有趣呢？至少对我来说，它们有助于增加德语知识、了解德国和德国人。

旅店无言，立于交叉路口，审视人间沧桑。

5. 登岗琐记

IMMANUEL KANT
From a painting

身处德国这样的安静的小镇，按照既定的时间、节奏、计划和程序来生活和工作，人是很容易养成"康德式"的作息习惯的。只要不外出，我亦是如此。

每天早上七点，我会随着镇

伊曼努尔·康德（Immanuel Kant，1724—1804），德国古典哲学的开创者。一生深居简出，几乎从未离开过出生地柯尼斯堡小镇，过着单调的学者生活。传说其每天作息"像机器那么准确"，"时间几乎从未有过变化"，以至于邻居要按照他散步经过门口的时间来对表。

缓坡上茂密的草丛中长着几棵树，我在树下做"五行健身操"。

上教堂钟声敲响起床。方便、洗漱后，一边准备简单的早餐，一边听音乐或者德语。饭后出门，沿着Husarengäßchen小径出来，路过教堂、公交车站、学校、足球场，出Irsch西界来到一片开阔的草地，有麦田、草地、树林和牛场。向南是一个高坡，爬上稍为缓平的地方，可以一览Irsch乃至附近几个小镇的全貌。缓坡上茂密的草丛中长着几棵树，这时微微出汗的我会在树下停留，调整呼吸，瞭望远方，然后开始做15分钟"五行健身操"。这是由台湾吴德胜先生综合国术、气功、香功和韵律编排而成的一种锻

由于我差不多每天固定在一个位置做操，草地上留下的脚印已经是一对小小的坑了。

站在缓坡上可以一览Irsch乃至附近几个小镇的全貌。

开阔草地中的小型牛场

炼身体的方式，长期坚持，身体很受益。做操后我并不沿着原路返回，而是继续向南，到Irsch的西南界，然后穿过镇中心街道返回住地。晨练大约40分钟。

晨练期间最常遇到的是与我相向而行的一对老年夫妇和一位中年男子，而且，我们相遇的地点也很固定，老年夫妇是在开阔的田间小路上，而中年人则要到高坡的中段。我们微笑着打招呼，有时简单聊聊。他们还会呵斥自己的狗，生怕咬着我。如果有几天没有见着，则会相互询问行程。他们对我的中国人身份和"五行健身操"很感兴趣。

上午，我一般都在住地看书和写作。

到中午12点，则放下工作，收拾背包，去特里尔大学吃午饭。从Irsch到大学，坐公交车有5站路，只需不到5分钟，但如果没有特殊事情处理，我宁愿花

与我晨练期间定时定点碰面的中年男子。

Filsch风光。

40分钟步行前往。沿途风景养眼而悦情，这是我感到最惬意的时候。下午两点半左右我又回到住地。

下午在住地继续工作。五点之后，我又要出去逛一圈了。

我晨练的地方在Irsch的西边。其实从我住的房子向南，经过两条街道，出了Irsch的西南界，缓坡会继续延伸，到了坡顶，是一个更为开阔

路边民居

Tarfost风光。

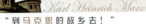

早春的岗上，土地在苏醒。

万绿丛中一点红，远方一对老夫妇
相携着漫步于早春的田野。

的高地，通向另一小镇，风景如画，美不胜收。我把这个高
地叫作"岗"。不走重复路，快速走一趟也得一个多小时。
遇见行人，不管是否认识，都会相互点头问候。一路欣赏，
一路联想，一路思索，情不自禁，有时会默想几句"顺口
溜"来记录和表达一下。谨撷取电脑中留存的列后：

（一）

天气妇孺脸，雨后日当空。

几日未登岗，草茂漫路埂。

车歇因风住，黄花隐绿丛。

满目翠欲滴，惹羞天上云。

步行一小时，劳累遁无形。

（二）

饭后又上岗，碧空蓝无涯。

飞机掠过处，尾翼白线长。

太阳西边照，半月共一堂。

（三）

大地绿主打，点缀红与黄。

油菜刚换衣，麦穗又抽芽。

南坳黄牛叫，坡下是马场。

洁净小山村，敞亮无围墙。

（四）

空中堆黑云，青黛地上承。

风车呼呼转，旷野我一人。

雨星偶尔飘，未湿进家门。

夏天岗上草木茂密，绿中点缀着的小黄花分外惹眼。

白云、黄花、绿草，天地三色。

盛夏季节，油菜花开，美不胜收。

风车。岗上地势高，风力
大，靠此发电，节能而环保。
世界上的风力发电设备以"德
国制造"质量最佳，当然价格
也最为昂贵。

（五）

来自黄土地，艳美满眼绿。

洼地即水泉，草长疯肆虐。

惹来割草机，删刈不停歇。

也劝伏地草，此满彼有缺。

抱籽万里外，秃坡变绿野。

（六）

骄阳照一天，傍晚力减威。

热而不显闷，岗上小风吹。

树下草缠藤，路坎费解围。

麦田已泛黄，绿地愈葳蕤。

鸟儿尽欢唱，牧牛尚未归。

西天铺红云，明日日如葵。

云海茫茫。进入黄
昏，大地黯淡下来，云海
也在退却。

Irsch街道上的墙壁。经房东介绍，城市徽标的构成元素和花朵图案都来自《圣经》，有其特殊的含义。

啤酒节广告。

一家住户外景。

（七）

夏晚似秋凉，天高云轻飏。

小径中分田，右绿左泛黄。

杂草卷圆垛，别作用途佳。

富庶自由地，往来有阻碍。

国处家之前，无聊又张狂。

家置国之下，中心成羔羊。

世事逆人理，枉费马黑康。

何日均贫富，无论东西方。

何日自由行，纵情走天涯。

阳光下的云海和田畴。

（八）

饭后又上岗，菜籽麦粒香。

日日走一趟，藉地有思量。

坐车十五分，便到市中央。

不到一百里，雄富天下甲。

城中人聚集，富庶在乡下。

山水相滋润，视界无限量。

也笑故国人，妄言现代化。

投机领风骚，农村城市化。

东西无分别，识见终一样。

苍松翠柏。

花、草、木天然相谐。

草垛。草也是一种资源，收集起来送走。

该怎么形容和命名？密实的草垛还是圆圆的草桶？

（九）

天空布黑云，持伞反向行。

路过一工地，连宅又落成。

先过马场边，无人白犬蹲。

复返探歧路，草没到前胸。

缠脚迈步难，铁篱又阻通。

浑身汗淋漓，肚皮凉如冰。

凶险终摆脱，岗上见牛群。

下坡进村时，西天现红云。

成熟的麦子。

（十）

习习草浪涌，呼呼机转声。

天空无丝云，晚霞送凉清。

岗上往南眺，房屋点点星。

疑似有古堡，他日探究竟。

也遇一小径，隔段供主神。

言通法兰西，两国无界分。

车载草垛归，黄牛肚圆滚。

今夕是何夕，双凤山里行。

去大学的路边，果实累累。

阴郁和暗绿是
成熟的颜色吗？

麦收后的土地，黄昏的苍凉。

收拾干净的土地，等待春的苏醒和再生。

一茬麦熟黄，二茬绿浅苍。

三茬草青青，共处在一岗。

何以此布局，暗忖难思量。

或为地轮换，接续后劲强。

或为扮地貌，参差缤纷妆。

高速不限速，人前才避让。

垃圾三类分，梯子椅难当。

如若有混淆，此人自异邦。

严寒冻死的是芦苇和浮草，绿色则经受住了考验，高远的天空俯视着大地。

雪后黄昏，旷野上扎起小木栅，远处是滑雪的人们。

第三章 大学风貌

1. 历史传统

特里尔地处德国、法国、卢森堡、比利时四国交界地带，所以它的大学也与整个欧洲悠久的历史传统密不可分。

根据史料，被誉为"文艺复兴时期第一位教皇"尼古拉五世（Nikolaus V，俗名Tomaso Parentucelli，1397—1455）在去世前授权特里尔大主教西尔克（Jakobl.Von Sierck）在本地建立一所大学。但由于当时教会财政拮据，未能付诸实施。经过谈判与协调，特里尔市政府最终在1472年用2000马克换得了建立大学的许可证，并于次年3月

特里尔大学入口和校名牌匾。和西方很多大学一样，这里没有校门。

女房东送的介绍特里尔的译本小册子。

一位研究罗马史的博士生为外国访问学者讲解特里尔城的历史演变。

16日创办了特里尔大学（Universität Trier）。

　　创建之初的特里尔大学设有神学、哲学、医学和法学等院系，大都由神父和兼职讲师教授课程，教学和研究都非常成功。但学校经济状况一直处于困境中，1560年，在政府无力维持时，曾经被耶稣会接管，后来获得选帝侯弗朗茨·路德维希·冯·普法尔茨-诺伊堡（Franz Ludwig Von Pfalz-Neuburg）的赞助，情况才有所好转，吸引众多知名学者前来讲学，盛极一时。

　　但特里尔大学的命途多舛，辉煌的古代过去了。1794年，特里尔被法国军队占领，1798年4月6日法国管理当局下令关闭了这所存在了325年的大学。

　　二战之后，东、西德分治，特里尔所在的联邦德国进入新的调整、变革和复苏阶段。1969年，莱茵兰—普法尔茨州政府决定在特里尔和凯泽斯劳滕（Kaiserslautern）建立一所地跨两个城市的大学，1970年"特里尔—凯泽斯劳滕

特里尔大学校内一景，巨石支撑起的门。

特里尔大学图书馆一层展厅中颇为伤感的句子：乡思浓郁，绵绵不绝……

近代以来，曾在特里尔大学工作或学习过的著名学者。

特里尔大学书店的门上贴有马克思研究著作出版的广告。

大学"成立。1975年，两个校区各自独立，发展成为以人文学科为特色的特里尔大学和以自然和工程学科为特色的凯泽斯劳滕工业大学（Technische Universität Kaiserslautern）。

特里尔大学重新接续和传承了1473年创建时的传统，以欧洲古典语言学、文化学等学科的教学和研究见长。

特里尔大学书店外，包括马克思著作在内的人文社会科学方面的书籍，摆放在比较显眼的地方。

第三章 大学风貌

73

春天，大地铺新绿，湖面上鸳鸯在游弋。

2. 校园景致

现在的特里尔大学除了一侧靠近公路以外，三侧都被树林和草坪所环绕，而且地形起伏，不大的校园千姿百态，美不胜收。

我们先欣赏一下校园内的风景吧。

茂密的树荫，充盈的湖面，仿佛走在绿色的地毯上。

蔚蓝的天空，洁白的云朵，大地一片碧绿，身临此境，没什么烦恼不可消解。

刚刚删刈过的草地。

湖水清澈见底，直视无碍。

桃花不掩小径。

树叶铺满校园。

初冬，树叶落
尽，大地犹绿。

湖面倒影，冬天也没有一点萧杀之气。

从Tarfost到特里尔大学一段最美的风景。不长的距离，真正是五彩缤纷。远眺。

近景。

暖冬。枯萎的芦苇也掩不住湖面的妩媚，更何况还有树的映衬。

下雪了，白雪掩盖大地。

同一个地方，
不一样的风景。

小路通往远方，
小城连接世界。

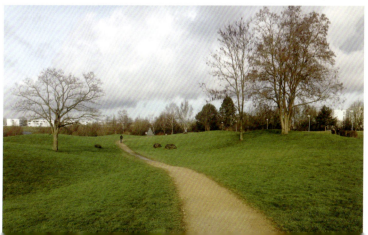

红叶掩映办公楼。

教室外别致的雕塑。

再来看校园的建筑。

不大的校园，没有多余的设施，只有必备的图书馆、教学楼、办公室、实验室、室内运动馆、户外运动场、食堂和学生公寓等。一栋建筑也可以有多种用途，例如食堂底下是电影院和剧场，办公楼还兼具教室、国际交流中心的功能。

食堂外景。据说它曾经被评为"全德国高校最棒的食堂"，但作为一个中国人，在这里吃饭也只是为了填饱肚子而已。

食堂下面地下一层是剧场，正在举行新年音乐会。

大雪覆盖运动场。

图书馆是校园生活中心，所有的建筑都能通过一个个通道与它联系起来。

图书馆内资料丰富，留学生们感叹："特里尔真是一个写论文的好地方！"

我迫不及待地找到马克思著述及其研究文献收藏区。这里几乎可以找到所有关于马克思的研究资料，看着它们，不止一次地想，如果我再年轻10岁、15岁、20岁……

图书馆外景。

3. 学生生活

根据特里尔大学外事处主任波尔格特·罗森（Birgit Roser）给我提供的资料，现在的特里尔大学在校学生有近14 000人，其中女生将近60%，外国学生占14%。德国大学的严格是举世闻名的，课程安排科学，教授要求高，学生压力都比较大。德国过去没有硕士学位，只是近年才施行，但反对者不少，因为他们觉得德国大学本科毕业生就已达到美国硕士研究生的水平了。

德语课间师生在讨论问题。

圣诞节的晚上和学生在一起联欢。

摩泽尔畔小城，到处是这样的风景，假期游一游，真是赏心悦目。

夏日炎炎，在卢森堡市政广场，度假的学生在喝酒、聊天。欧洲女士抽烟的很多。

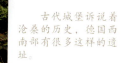

古代城堡诉说着沧桑的历史，德国西南部有很多这样的遗址。

　　德国大学的假期很长，暑假从6月下旬到10月下旬，寒假也有1个多月，再加上双休日、宗教节日等，差不多一年中有近5个月假期。但假期不意味着完全不工作，只是不必像往常一样固定上课。学校工作人员属于公务员，所以假期还是得上班，至多轮休一段时间。教授可以短暂度假，但多数仍在办公室工作。学生学业上并不轻松，所以假期在校补课和做论文的也不少，只是时间上安排起来比较自由和方便罢了。

随着中国的发展，留学生和海外移民的人数大量增加。像特里尔这样的小城和并不特别著名的特里尔大学，中国人也很多，经常能碰得到。每逢中国的传统节日，华人在一起聚会，来的人很多。大学外事处定期安排（基本上是每月一次）外出参访活动，外国访问学者、教师和学生中中国人也是最多的。厦门大学与特里尔大学合办的孔子学院，教学之外经常举办活动，也扩大了中国的影响。

端午节，在孔子学院举办的联欢会上，大家在一起包粽子。

戴帽子的男士是特里尔大学外事处的皮埃特·沃兹尼兹卡（Piotr Wozniczka），每次外出游玩都是由他来组织安排。他曾带领我们在德法边境的森林中徒步13公里。

梁镛教授邀请我给特里尔大学汉学系的师生做有关"影响当代中国发展主要的理论思潮及其社会效应"的讲座。

外出游玩中团聚在一起的华人，那天我们不约而同都穿着红色的上衣。

当代政治思想史文献

保存完好的古籍。

4. 教授工作

    特里尔大学现有教职员工900余名，其中教授153名。学科设置比较丰富，有些学科是比较冷僻或比较少见的，比如欧洲古典语言、古埃及学、经典考古学、莎草纸文字学、英语文献资料研究，当然也涉及传统的哲学、政治学、经济学、社会学、数学、法学、地理学等，乃至计算机科学、企业经济学、地理测试学和传媒学等。

    我所接触过的教授们对待教学、研究工作都很认真。

很多人沉湎于自己的领域，自觉把研究对象与社会反映、现实需求分开，因此显得特别纯粹和专注，在某些细节上用尽了心力，以至于对外界发生的事情不太感兴趣，谈起政治家多是不屑一顾。有一天在食堂吃饭，与一位德国教师聊起国内某热点事件，他很惊讶，询问为什么这么大的国家、这么多的人都在关注同一类热点，特别是精英阶层与普通百姓对同样的话题都抱有浓厚的兴趣，而在德国绝对不会出现这样的现象，我只能回答："我们是热闹的单调！"

此外，他们并不崇拜地域和等级。虽然不知道特里尔大学的综合实力在德国大学中排多少名，但每个岗位的教授都从不认为自己比其他大学的同行水平低。乔伟教授告诉我，他曾经代表特里尔大学校方去北大联系过校际合作事宜，但北大没有回应，他猜测北大可能更看重"对等"关系，果不其然，很快北大与柏林大学等签订了协议。殊不知，这只是国人的思维，德国没有一所大学可以傲视群雄，各所学校都有非常顶尖的专业，比如特里尔大学，其古典语言学在欧洲无可替代。即使是综合排名，海德堡大学、慕尼黑大学、波恩大学、亚琛工业大学也不输柏林自由大学和洪堡大学。最终国内与特里尔大学签订交流协议的是武汉大学、厦门大学、华东师范大学、广西大学和台湾政治大学，这几所学校的师生可以在特里

我在特里尔大学的工作证。

尔大学校内居住，教师还是免费的。

作为马克思故乡的学校，特里尔大学有丰富的马克思主义研究资料，但马克思主义并不是一个学科

正在认真讨论问题的教授。

或专业，且以马克思主义为专门教学、研究对象的教授很少，只是在政治学、社会学、历史学和哲学等院系，以及个别教授的工作中有所涉及。以下是政治学教授温弗里特·塔（Winfried Thaa）的说法："以前马克思确实没有受到德国学界的关注，因为他的思想存在争议。""现在德国没有统一的马克思主义研究，都是学者们零散进行的。""关于马克思的课程主要不在哲学系，而是在社会学、政治学系中的讲授多一点。法兰克福学派的影响比较大。""现在德国的马克思主义研究主要集中在三个方面：一是经济学和资本批判。人们希望马克思能为当代问题提供答案。二是法兰克福学派对社会制度、公平、自由、民主的解读。三是法国结构主义的影响，受福柯和德里达的影响产生了一批思想家，他们致力于对社会转型问题的研究。"

温弗里特·塔的专业是政治理论和思想史，是特里尔大学为数不多的对马克思主义进行过研究的教授。据他介绍，他在图宾根大学撰写博士学位论文时需要对苏联、东

欧的社会主义阵营所阐述的社会理论进行评论，这促使他开始关注马克思的思想及其著述。就读期间，他还听过布洛赫等人的课，所以他的研究受到西方马克思主义的很大影响，特别是马尔库塞、阿多诺、霍克海默等人的思想。

温弗里特·塔也在思考如何重新理解和对待马克思，他特别赞赏我从文本和思想史角度研究马克思的思路，以及从启蒙的角度把握社会主义的内涵及命运，但同时指出即使在德国，绝大多数马克思的研究者也不是这样，"都是从当代出发的"，而且这种情况也可以理解——"MEGA那么多，谁读得过来啊！"至于他自己，所关注的仍然是马克思主义在当代所遇到的问题。比如，早期马克思对民主制度、异化问题

温弗里特·塔教授与我留影。

的论述，当代的金融危机中也凸显出这些议题的重要性。他还指出，应该注意马克思对同一问题的不同态度和观点的变化。他推荐我看哈贝马斯、霍耐特的书，特别是后者最近出版的《社会主义理念》。

就当代而言，温弗里特·塔认为，马克思的思想的正面价值主要体现在他的批判精神和对权力、偶像实质的揭露，负面因素则体现在："第一，马克思及其后继者罗莎·卢森堡和列宁关于资本主义衰落、破产和内在

矛盾的预言，认为资本主义只有阶段性的历史，而没有关注到资本主义的延伸能力和克服自身矛盾的活力。第二，马克思关于社会形态更迭和进化的理论，在东、西德分治时期，东德总认为他们的社会主义制度高于资本主义。第三，马克思学说过多地强调经济，忽视政治和意识形态的作用。第四，马克思思想中的专制主义因素。"很显然，他的上述看法受到汉娜·阿伦特（Hannah Arendt，1906-1975，德裔美籍犹太人，著名的政治理论家）和西方马克思主义主流思想的巨大影响。

早在20世纪80年代，特里尔大学就成立了汉学系。创始人为乔伟教授，他原担任波恩大学东亚系教授，1982年受托来此，筚路蓝缕，招兵买马，设计课程，开始"创业"。起初一个冬季学期只有十几名新生，现在每届招收八九十名，在读的学生共有三百多名，包括以中国学为主专业或副专业的本科生、硕士生和博士生。近年特里尔大学创办了莱茵兰—普法尔茨州唯一一所孔子学院，其汉语教学已辐射到德国西南部乃至卢森堡，除全日制和脱产学习外，还有短期培训、轮训、企业委托的培训等多种形式，汉语教学活动比较活跃。中国近年经济的快速发展，是许多德国人选择学习中国经济和委托的政治的主要原因。特里尔大学汉学系在除设置主辅修专业的课程外，还增设了一些有关现实中国政治、经济的课程及相关的讲座。

汉学系教师的研究重点为中国思想史、中国文化、跨文化交际及现代汉语语言学。学科设置兼顾古今，

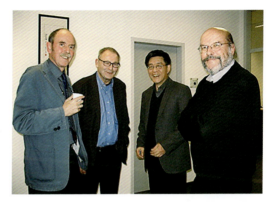

旨在贯通中国思想传统与社会现实。现在拥有2个教授教席（Professoren）、4个Mitarbeiter、3个Lektoren、6个Lehrbeauftragte（Mitarbeiter、Lektoren、Lehrbeauftragte均为教职）和3个秘书（Sekretariat），前两个是固定的，其他人员则面向全球招聘。

据资料表明，二战以后到20世纪90年代初，在德国各大学汉学系中原籍中国的教授仅有4人，即1971—1994年在柏林自由大学的郭恒钰（Kuo Heng Yü），1972—2000年在法兰克福大学的张聪东（Chang Tsung Tung），1967—1980年在汉堡大学的刘茂才（Liu Mao Tsai），以及1984—1991年在特里尔大学的乔伟（Chiao Wei）。而这一时期德国各大学汉学系共有教授职位102个，也就是说中国人在德国汉学系教授中仅占不到4%。今天的情况已经完全不同了。越来越多的中国人在德国接受教育，其论著也在德国及欧洲其他国家出版。由于"从中国移民的知识中获益"的观念转换和政策变化，原籍中国的教授在德国学界的影响越来越大，在汉学界已占了半壁江山。

乔伟教授，1926年出生于河北深县，辅仁大学汉语言专业毕业，后入台湾大学学习，1956年来欧，先在西班牙，后到维也纳大学攻读博士学位，毕业后受聘德国波恩大学，后来创办特里尔大学汉学系。以前的德国汉学主要讲授和研究古汉语，乔伟教授较早地开设现代汉语课程，德国与中国建交谈判时的西德代表团成员中就有他的学生。乔伟教授年事已高，经历复杂，我劝他写写自己的经历，他却说"都不是大事"。他现在退休了，精神矍铄，思维活跃，又无子女。尽管大我整整40岁，却十分愿意与我交流，隔一段时间就让其夫人方老师与我联系，先去他们家吃饭，然后一起驱车外出游玩。我们成了真正的忘年交。

我与乔伟教授外出游玩时留影。

有一次，在乔教授家用过午饭后，我们驱车80公里，到达德法边境萨尔兰州的米特拉赫（Mittlach）市，参观著名的瓷器品牌Villetin Boch展览馆和疗养圣地奥尔绍兹（Orscholz）。在车上，我们闲聊的一件事是中国政府计划于2018年马克思诞辰200周年之际赠送特里尔一尊马克思雕像。为此事，法兰克福总领事来过两次，驻德大使又专程从柏林来商谈此事，并且带来某著名雕塑家进行了实地考察。特里尔市现在是社会民主党执政，市政府原则上同意此事，但需要市民投票、市议会批准。此前，中国为恩格斯故乡伍珀塔尔市提供了一座恩格斯雕像。雕像在中国做好之后运到德国来，但由于市议会对此存在争议，只得在集装箱里放了半年，最后议会批准其安放在距离恩格斯故居较远的一处僻静场所。

我们讨论了导致这种状况的原因，觉得主要是德国人对苏联和中国所阐释的马克思主义非常戒备。还有一点是，该雕塑家所塑造的恩格斯气宇轩昂，一副"革命领袖"和"真理化身"的形象。前年他所雕刻的马克思恩格斯连体

我与乔老师夫妇到德法边境萨尔兰州的Mittlach市游玩，可惜天气阴沉，灰蒙蒙的，归途还下起了小雨。

年近70的方老师。20世纪80年代曾经在北大蔚秀园住过，出国30余年，入比利时籍，现在每天精心照料乔教授的生活，还经常开车带我游玩，车接车送，我不好意思地说："您成了我的专职司机了！"

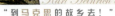

乔伟教授夫妇邀请朋友们
在他家吃年夜饭。

塑像在某机关大院揭
幕，就是这一风格。
所以乔教授建议我，
回国后一定设法联系
这位雕塑家，告诉他
应该了解特里尔的传
统、观念和文化——
作为德国"最古老的
城市"，市中心集中
了十数座保存完好
的古罗马建筑和博物
馆，风格天然融合、和谐搭配，整个城市没有一栋现代化
大厦，所以马克思塑像也必须体现其作为"特里尔之子"
及作为一个思想家与思考者的神韵和风貌，才能融入其
间，浑然一体。否则即使市议会、政府批准，市民也会难
以接受。

梁铺教授是特里尔大学汉学系主任，又是孔子学院德
方院长，也是我访德的邀请人。他的学术专长为中德跨文
化交流，这方面的课程在特里尔大学非常有名，既有理论
深度，更有实践价值，很多听过其讲课的学生都向我
提及。

梁教授认为，在国际交往日益频繁、商品市场日趋全
球化的今天，"跨文化交流"这一概念越来越受到人们的

关注，且在社会生活各个方面都能体现出来。梁教授对跨文化交流的元理论，如洋葱理论、冰岛理论、文化标准理论、工具论模式等非常熟悉，从象征、礼仪、价值观方面对"文化"和"交流"概念内涵的阐释令人印象深刻。

更为独特的是，他结合自己在德国多年的生活经历以及在特里尔大学教授汉学的经历，对身处异域文化的行为模式、交际行为及跨文化能力的培养与跨文化的学习有深入的思考。他根据大量实证材料对"德国人心目中的中国印象"与"中国人心目中的德国印象"，以及中德文化差异而引发的行为差异、文化移入的类型等所进行的多年的研究，确立了他在德国汉学界的地位。他要求德国学生多关心中国的社会现状、历史、文学以及哲学，同时他利用回国访问、讲学的机会，要求中国学生在学好德语的同时，多关心德国的社会、历史以及哲学。他与我多次谈到，在全球化的大背景下，跨文化交流能力越来越重要，这就要求我们具备视角转化、介绍本国文化现象的能力。

不得不说，在特里尔，梁镛教授的工作真正成为中德交流的桥梁。中国代表

梁镛教授在上课，其品牌课程是"德国人心目中的中国印象"与"中国人心目中的德国印象"

团去访问或中国使馆有些具体问题需要解决，都习惯了去找他；德国方面，特里尔与厦门结为姊妹城市都是他促成的，而厦门大学在此创办孔子学院的过程中他更是发挥了不可替代的作用。

还需要说明的是，梁教授虽然不直接从事马克思主义研究，但身处马克思的故乡，也难免要与此发生关系。他在马克思主义研究方面最重要的工作就是对马克思故居博物馆留言簿内容进行的专题研究，因为留言簿里中文撰写的题词占了相当大的比重。他告诉我，通过各个年代留言内容的对比，"使我们从侧面了解到中国社会经济的发展和人们思想的变化"。

我与梁教授在马克思故居后院合影。

与我交往较多、生活上给予我不少帮助的还有刘慧儒及其夫人钟慧娟老师。刘老师与我还是山西老乡，他1960年生于五台，1977年考入复旦大学，本科毕业后考入北京大学德语系，入学一年后到德国留学，1992年在图宾根大学获文学博士学位，之后就来到特里尔，一直在汉学系任教。我们经常见面，一起在食堂吃饭，或者我去他办公室找他。我们交流的范围很广，他身处国外反观国内的情况，也有独特的视角和看法，尤其是学界的状况，他的见地中肯而到位。比如，他多次谈到国内德文经典的翻译和研究问题，对一位在瑞士巴塞尔大学读过神学、回国后主编一大套古典学研究丛书的"学界大腕"的研究很不以为然，特别复印了他在《读书》上的评论文章让我参阅。刘老师长期在德国生活和工作，但与国内学界也有联系，与人合撰《德国文学史》（第三卷，译林出版社2007年版），合译过《与中国作跨文化对话》［卜松山（Karl-Heinz Pohl）著，中华书局2003年版］，在《读书》上发表过《宋江这个人》（2004年第5期）、《俄狄浦斯的眼睛》（2004年第8期）、《后出师表的尴尬》（2009年第9期）等文章，学术品位很高。刘老师对杜甫评价很高，认为"杜甫和李白并称于世，但在我心目中，杜甫无疑更具诗人气质。诗人之所以为诗人，是能见人之所未见，发人之所未发。就此而言，中国诗人中恐怕无人及得上杜甫"。

每逢过节，刘老师夫妇总邀请我去他家吃饭，他们来德已有34年了，"在这里比在中国的时间还长"。其女采薇就读于德国一所大学哲学系，我在德那年她作为校际交换生到牛津留学去了，中文日常交流尚可，但阅读和写作稍差。有一天她给刘老师写信说，她在那里结识了一个来自太原的留学生，北京大学毕业的，竟然是我的学生，我们于是感叹："世界真小！"暑假期间刘老师回国参加一个学术会议，在北京停留期间，北京大学附近合适的

刘慧儒、钟慧娟夫妇。

宾馆不太好找，他就住在我学生的宿舍里。

此外，卜松山（Karl-Heinz Pohl）和苏费（Christian Robert Soffel）是特里尔大学汉学系另外两位德国教授，他们与中国学界联系也很多，经常来访和做讲座。

卜松山将《陶渊明诗集》和李泽厚的《美的历程》翻译成德文，出版过研究郑板桥、叶燮和中国美学史概况的专著，现已退休。我来德国后感到最不满意的地方，是当地媒体对中国的负面报道非常多，有的甚至到了捏造事实的地步。Pohl曾经仗义执言，据理力争，给予过有力的回击。2011年11月8日《法兰克福汇报》上发表一篇题为《一个和谐的世界》的文章，宣称中国开办孔子学院的目的在于统战和向全球扩张，德国汉学家在孔子学院里不享有学术自由，甚至将孔子学院比作军事机构。Pohl教授看后非常气愤，以读者来信的方式投书该报，对作者的诋毁言论予以批驳，并指出："《法兰克福汇报》以整版篇幅刊登了一位知名汉学家的文章，以便他表达其对邪恶中国的见解。这真是令人悲哀！"他同时表示："作为一名与中国

特里尔大学现任校长米歇尔·雅克（Micheal Jackel）（右）和卜松山（Pohl）教授（左）。

打了多年交道，与中国同事在各层面长期开展良好学术交流的汉学家，我为德国媒体的政治狂热和由此可能对中德合作带来的危害感到焦虑。"

（《法兰克福汇报》2011年11月14日）

苏费教授致力于朱子学以及朱子后学研究，能熟练使用德语、英语、中文写作与交流，主张用中国学（Chinese Studies）取代汉学（Sinology）。他年龄与我差不多，从他身上展示了新一代国际汉学家的理论视野和专业素养。

5. 学术会议

在本章的最后，我想附上一条花絮：《德国的学术团体如何开年会？——以德国卡夫卡协会为例》。其内容是从钟慧娟老师的微信中撷取出来的。

德国卡夫卡协会在巴伐利亚州的埃尔兰根（Erlangen）大学召开年会，特里尔大学的钟慧娟老师通过微信以图文直播的方式几乎还原了整个会议的场景和进程，看后对比

德国卡夫卡协会简易徽标。

我们国内的情况，让人颇有感触。

会议主题：卡夫卡的中国。

与会者：德语区（德、奥、瑞）对此有精深研究的学者20余人，大部分是来自各大学德文系、汉学系的教授。

会期：两天。

会况：没有条幅，唯一的会标是一张打印的白纸，贴在发言台桌子前；没有主席台，更没有学校领导致辞或者地方官员来参加以示重视。会议主题于上年年会期间确定，会后学

冷清的会场外景，没有任何会议条幅。

热烈的会场，座无虚席。

会秘书处发出征文通知，一年内收到专业论文若干篇，经专家委员会审查后确定有重要学术价值者入选，学会秘书处为作者发出正式通知。每位与会者发言半小时，接受质询、讨论半小时。会议期间没有延期到会和提前退场者。

具体成果：闭幕式上与会者共同评议了与会者的论文及其发言，确定以下五项为本次年会最重要的成果：

1. 陶渊明笔下的"桃花源"与中国人的"乌托邦"的关系，论据是卡夫卡当年读了卫礼贤和马丁·布伯（Martin Buber）的译著，受道家思想影响至深。

2. 袁枚诗"寒夜读书忘却眠，锦衾香尽炉无烟。美人含怒夺灯去，问郎知是几更天"令卡夫卡颇有感触，他在给女友菲利斯的信中介绍了该诗，意思是他夜里要写作，

报告人在详细地阐述自己的看法。

唯一的会标是一张打印的白纸，贴在发言台前。

报告人发完言后接受质疑，两人在争论。

第三章·大学风貌

99

弗兰茨·卡夫卡（Franz Kafka，1883—1924），犹太人，奥地利德语小说家，其作品常采用寓言体形式，创作手法别开生面，寓意言人人殊，成为20世纪现代派文学的先驱。代表作有长篇小说《美国》《审判》《城堡》，短篇小说《万里长城建造时》《判决》《饥饿艺术家》等。

嫁给他不会幸福的！

3．可从清末民初社会历史的变迁解读卡夫卡未完成的短篇小说《万里长城建造时》（1918—1919年）。

4．《万里长城建造时》通过描写中国百姓受无形权力的驱使去建造长城，表现出了人在强权统治面前的无可奈何与无能为力。

5．父与子、村主任与村民、皇帝与臣民等构成的权力关系，是卡夫卡一生的纠结。

感受：一个作家、一篇未完成的作品、几句信里的话，竟在Erlangen大学图书馆翻来覆去讨论了一个整天外加两个半天！会前，旅德30年的钟老师刚刚结束中国之行，她也多少了解一点中国学界开会的情况，于是问我：

"我们都是象牙塔里的居民，这样开会，你是不是觉得好奢侈啊？！"我多年来参与一些学术会议的组织工作，期间电话不断，联系无数，但几乎没有一项是关乎会议内容的，经常为在什么范围发放通知、领导和学界大腕是否出席、席次如何安排、议程怎样编定、由谁主持、谁来发言等煞费苦心，但总会出现纰漏，甚至得罪他人，苦不堪言。所以，我既羡慕他们学术会议的高水准和纯粹性，却又不知道该怎样回答她的问题……

第四章　故居现况

　　现在特里尔保留着与马克思有关的古迹遗址有四处：马克思故居有两处，一处位于布昌肯大街10号，同时也是一座博物馆，另一处位于西蒙大街8号；马克思夫人燕妮故居位于诺伊大街83号；马克思就读过的威廉中学位于耶稣大街（Jesuitenstraße）13号。除此之外，约翰尼斯大街（Johannisstraße）28号是现在已经关闭的马克思故居研究中心的原址。这些建筑彼此之间距离都不远。

天井小院的窗台上鲜花盛开

1. 马克思故居博物馆

　　位于布昌肯大街10号的马克思故居，是一座建于1727年的巴洛克风格的楼房，临街三层，后楼也有三层，中间

马克思故居博物馆馆长伊丽莎白·诺伊（Elisabeth Neu）和负责教育培训的玛格丽特·狄岑（Margret Dietzen）女士与我在故居后院合影。

是天井小院，前后楼二三层之间由走廊连接，后院是一个小花园。房子的外形色调几经变化，现在是白色的墙壁，暗绿色的门楣和窗沿，乳白色的窗户。

马克思的父亲亨利希·马克思于1818年4月租下这栋房子作为其处理律师事务的办公室，同时也供家人居住。同年5月5日，马克思在此出生，一年半后全家迁往另处居住。这栋房子后来几经变迁、整修和扩建，在很长一段时间里特里尔人也并不知道它是马克思的诞生地。直到1904年，有人找到了1818年4月5日的《特里尔报》，上面有关

来自世界各地的参观者。

于亨利希·马克思一家迁入布吕肯大街664号的告示，它才被"重新发现"。

1928年4月，德国社会民主党（Sozialdemokratische Partei Deutschlands，简称SPD）购买了这栋房子。犹太建筑师古斯塔夫·卡塞尔（Gustav Kasel）对其进行了重新设计和修复。1933年5月它被纳粹没收，战后又回归社会民主党。1947年作为马克思纪念馆开放。1968年它被托管给弗里德里希·艾伯特基金会（Friedrich-Ebert-Stiftung）。同年，值马克思诞辰150周年之际，作为马克思生平和事业的展览馆开放。1983年马克思逝世100周年，房舍经过扩建

第四章 故居现况

我在故居博物馆入口处的马克思雕像前。

弗里德里希·艾伯特基金会是德国社会民主党创办的公益性机构，是德国历史最悠久、规模最大的政治基金会和欧洲最大的工人运动基金会。现在作为社会民主党最重要的思想库，实际上为其制定内外政策发挥咨询作用。其建于1969年的图书馆（在波恩）收藏着大量政党、工会和工人运动史方面的文献资料，久负盛名。

和内容重新布展后成为一座新型的现代化博物馆，供世界各地的人前来参观。诚如博物馆印制的小册子所指出的："马克思故居是一个具有国际吸引力的、可以受到历史—政治教育的地方。自这栋房子作为卡尔·马克思的诞生地被发现以来，它已成为一个充满变迁的历史和政治的象征。"

这是德国境内唯一的关于马克思"生平、事业以及迄今为止的广泛影响"的展览馆，它既是"一个信息展示之地，又是提供教育和帮助的地方"，范围包括"历史问题

马克思故居博物馆入口指示牌。

马克思故居博物馆办公室内书架上所摆放的德、中文版马克思著作和研究资料。

以及现实的社会政治讨论"等。展览"以简明直观的方式展示了马克思作为一个人的生活、事业以及他的盟友和敌人的情况", "第一次展示了从19世纪后期至今马克思所产生的影响的历史，包括20世纪的完整图景"。

那么，面对马克思曲折的生命历程、复杂的思想嬗变和理论体系以及争议更为激烈的"马克思之后的马克思主义"，它是按照什么样的方式来进行布展的呢？

目前的展览内容是2005年设计的，占据了故居大小不等的23个房间（包括连接前后楼的两条走廊）。其中第1~17个房间是关于马克思主义创始人的内容，分为"故居历史""青年马克思""政论家和哲学家""1848年历史时代的转折""流亡生活""政治经济学—生活主题""马克思和工人运动""恩格斯和马克思主义"等专题，主要介绍了马克思一生的生活经历、思想演变和实践历程。除展板以外，也展出了一些重要手稿的复制件、原始照片、实物和多种语言文本的电子书籍等，还设计了多种视频、影像，这部分内容占全部展览的三分之二。

标明18号的是一个户外开放式的走廊。一面宽阔的墙壁上挂着巨幅红色布幔，远看是马克思的头像，其实是由"终身或短时受到马克思及其思想影响的知识分子（主要

介绍马克思家庭和出生情况的文字材料。

马克思的原始手稿。

马克思使用过的钟表。

介绍马克思去世的文字材料。

受到马克思及其思想影响的人的名字所组成的马克思头像。

是西方）的名字"组合而成的。

第19~23号房间分成"工人运动的分裂""欧洲的分裂""卡尔·马克思的思想在世界范围内的传播和运用"等专题，叙述了20世纪以来马克思主义在东西方社会发展中所产生的广泛影响及其曲折的实践历程。

马克思故居博物馆的展览主要供一般民众参观，其展出的内容具有普及性，又因空间有限，仅就马克思的部分而言，并没有充分反映和体现最近20余年国际学术界马克思研究的最新成果，但对于中国研究者来说，还是有些新材料值得我们关注。比如，马克思曾说："我只知道我自己不是马克思主义者。"中国学者根据恩格斯1890年8月5日致康·施米特的信，大都认为这只是针对19世纪70年代末法国"马克思主义者"把历史唯物主义解读为"经济决定论"而言的，但展览中提到的材料表明，马克思晚年特别警惕他的学说以后会沦为政党政治斗争的工具和占统治地位的"国家哲学"，认为那样会"窒息精神创造的本质"，并且举例黑格尔哲学就是这样衰落的。在一封信中他表达了这样的忧虑："把马克思主义垄断化并使它成

隔离的铁丝网象征着国际工人运动的分裂和东西方对峙阵营的形成。

地板上用地图标示马克思思想在世界范围内的传播和影响。

为一种国家宗教，就意味着卡尔·马克思精神的死亡，而这种精神正是他毕生研究和生活的灵魂之所在。"还有，关于马克思晚年的思想和实践，展览以列表的形式叙述了他与德国社会民主党的复杂关系。1863年斐迪南·拉萨尔创立"全德意志工人联合会"（Allgemeinen Deutschen Arbeitervereins，简称ADAV，即拉萨尔派），1869年奥古斯特·倍倍尔和威廉·李卜克内西创立"社会民主工人党"（Sozialdemokratischen Arbeiterpartei，简称SAP，即爱森纳赫派），1875年整合成为"德国社会主义工人党"（Sozialistischen Arbeiterpartei Deutschlands，简称SAPD），1891年改名为"德国社会民主党"（SPD）。展览的解说词指出，马克思对前两个派别组织合并的态度是很矛盾的，一方面他同意两派的整合，另一方面又对整合后的纲领很不满意，于是写作了《哥达纲领批判》。但他的意见并没有被接纳和吸收，所以，事实上"马克思生命历程的最后十年，不再从事政治活动和工人运动，而是专心致力于历史和人类学的研究"。这些史料对于重新理解马克思晚年的思想和实践具有很重要的价值。

当然，这里也必须指出，马克思故居博物馆展览内容的选择、解释的思路和具体的评论反映了德国社会民主党的立场和基本价值。作为现在世界上唯一与马克思、恩格斯生前有过直接关系的政党，它起源于工人运动的实践，曾经有着明确的社会主义性质和方向，后来

展览以列表的形式叙述了德国社会民主党的发展过程及与马克思的复杂关系。

用11幅照片勾勒出马克思主义在中国的发展。

在致力于建设社会福利的前提下，接受了包括自由主义在内的思想观点，在意识形态上从"向革命性的马克思主义看齐""逐步但非正式"转向试图通过"以民主的合法的手段""以改革的方式来实现社会主义改造的目标"。1959年出台的《哥德斯堡纲领》，提出其核心价值观和理念是"植根于欧洲的基督教伦理、古典哲学中的人文主义"。1989年修改、1998年补充的《柏林纲领》首次明确"思想源自基督教、人道主义哲学、启蒙主义、马克思的历史—社会学说以及工人运动的经验"。2007年的《柏林纲领》再次认定，民主社会主义是"植根于犹太教和基督教、人道主义、启蒙意识、马克思主义的社会分析和工人运动的经验"。这样的演变历程所形成的价值观使德国社会民主党对马克思思想、历史和当代性的理解、解释和评论呈现出与苏联和中国等东方社会主义国家不同的情形，展览中有些内容对马克思身后马克思主义发展史的解释是不客观的且带有偏见的，尤其是展览的结束语论断——"随着中欧和东欧社会主义国家的崩溃和亚洲半资本主义的发展以及其中的独裁统治的共产主义的变化，卡尔·马克思的影响并没有结束"——是我们不能认同的。

　　但是也必须看到，上述解释方式旨在从西方社会发展和历史文化传统的演变中来理解马克思主义的起源和形成，又从欧洲资本主义面临的新情况和新发展来思考马克思主义的当代性，这对于我们来说，有一定的启示作用。
我来德后接触到的基本上都是马克思文本、文献的编辑和
组织者，特别是在与马克思故居博物馆馆长伊丽莎白·诺
伊，负责教育培训的玛格丽特·狄岑，特里尔大学政治学
教授温弗里德·塔，汉学家乔伟、梁镛、刘慧儒和钟慧娟
等的交流中，我们愈益形成一种共识：20世纪形形色色的
理论和实践构成了理解马克思原始思想的障碍，因此只有
回到西方思想传统和社会发展的具体情境中，回到马克思
的文本、文献中才能探究清楚他的问题和观点，进而分析
其对现实的影响，也只有这样才可以在当代政治、社会变

我与伊丽莎白·诺伊、玛格丽特·狄岑女士讨论问题后合影

玻璃柜里的手稿、照片和书籍是原件和首版。

革的框架和视角之外，把作为一个思想家的马克思的理论原貌和历史地位以及这种研究方式所体现的学术思路凸显出来。

2. 黑门附近马克思另一处故居

马克思出生一年后，全家迁往现在的西蒙大街8号，就在著名的黑门的斜对面，3路车站旁，也是一栋三层独立楼房，但面积比原来的住宅要小。马克思在这儿居住的时间长达16年，一直到后来去外地上大学。

现在一层是一间很小的服装店，二层是一家私人眼科诊所，三层和阁楼原来是马克思和家人的卧室，现在没

位于西蒙大街8号的马克思另一处故居。

有使用。值班的护士说她也不知道为什么上面一直是空着的。

有一次路过，我突发奇想：作为博物馆，布吕肯大街10号那栋显得还是过于局

这栋房子唯一可以看出与马克思有关系的标志是一、二层之间外墙上的一块小木牌，上面写着"卡尔·马克思1819—1835年在这里居住"。

多么期盼有组织或者个人能使这栋马克思居住了16年的旧居恢复其应有的价值和功能。

促了，如果将两处合起来，不是有助于缓解这一困境吗？假如艾伯特基金会没有再收购这处遗址的打算，那么，是否能靠以马克思主义为指导思想的中国呢？政府之外，现在中国人有闲钱的很多，特里尔房价也不算很贵，谁愿意把它买下来吗？

3. 燕妮故居

与布吕肯大街10号马克思故居博物馆仅隔一个广场，步行只需要5分钟路程的诺伊大街83号是燕妮故居。它也是一栋三层楼房，但可以看出比马克思的两处故居面积都要大，也更为豪华和气派一些。

现在燕妮故居的一层是一家银行，二层出租给公司办公，而三层是一所德语培训学校，马可·波尔卡姆（Marc Borkam）是德语培训学校的校长，专门教外国人德语。三层有大小不一的六个房间，都已经是完全现代化的装饰了，只有一间向阳、面积不大的房里，墙上挂着很小帧的

位于诺伊大街83号的燕妮故居。

故居入口的一面墙上，黑底方框上刻着燕妮的头像，下面写着"卡尔·马克思之妻燕妮·冯·威斯特华伦（1814—1881）父母故居"。

现在一层是一家著名的银行。

燕妮照片复制件，靠墙角立着的一个古式柜子，里面摆放着几本关于燕妮的书信集、传记和研究著作。

美丽而典雅的燕妮，她比马克思大近5岁，这是他们年华

似锦、情窦初开的地方。在燕妮心目中，善于思考、志
向远大的马克思在现实生活中永远像个"大孩子"。
1836年晚夏，在波恩读书的马克思，回到故乡瞒着父
母向她求婚。10月马克思又转赴遥远的柏林大学继续学
业，从此开始了漫长的异地恋情。受情感的驱使，马克
思在"适合抒情诗的年龄"，为燕妮写下了大量感情真
挚的诗歌，并且亲自结集编订了三册。这些诗歌是由他
的姐姐索菲娅转送的，燕妮看后"掉下了悲喜交加的眼
泪"。她写信给马克思，说自己虽然顾虑重重，甚至感
到"害怕"和"绝望"，但"你现在这种带有青春狂热
的爱情，我从一开始便知道了，还是在有人向我冷静、
巧妙而理智地分析之前，我就深深地感受到
了"。这真是恋人间的灵犀相通之表征

美丽而典雅的燕妮。

恋爱中的燕妮与马
克思（油画）。

啊！燕妮终生都悉心地保存着这些诗集，虽然他们的女儿劳拉回忆说，"父亲并不看重那些诗歌；每次父母谈起它们，总是为这些年轻时的荒唐行为开怀大笑"，但其中所展示的激情、浪漫、迷茫、痛苦、真挚、想象和渴望难道不是弥足珍贵、永远不过时吗？"成熟时期"的马克思也并不是对爱和情感持彻底否定的态度，而是将其纳入了一个更宽广的历史视野、更复杂的解释空间和更具体的社会环境之中。今天阅读这些作品，不仅可以让我们从另一个侧面了解马克思的形象，而且更可以从中受到爱的感染和人性的熏陶。

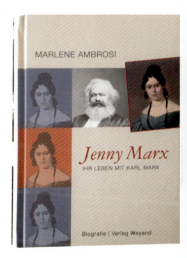

叙述燕妮一生的传记。

1843年，燕妮与马克思在荷兰的克罗茨纳赫结婚，自此她把自己的全部奉献给了马克思，度过了充满困苦和自我牺牲的一生。她辗转迁徙，艰辛度日，经受经济拮据、生理折磨和丧子失女之痛，更要辅助马克思的工作，誊写清楚那些"很难辨认的"初稿，与出版社编辑交涉一些烦琐的手续，处理很多棘手的事务。1881年12月2日，燕妮因患肝癌，在巨大的疼痛中去世。那天，恩格斯说："摩尔（马克思的别名）也死了。"果然，不到一年半的1883年3月14日，马克思也随她而去了。

马可·波尔卡姆先生送了我两份燕妮手稿的复制件，

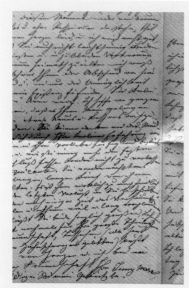
燕妮书信手稿。

燕妮誊抄的马克思著述一页。

可见字体工整而隽永，如她的容貌一样高贵而优雅。

4. 威廉中学遗址

马克思曾经就读过的威廉中学，在当时算得上特里尔真正的"贵族学校"。

就是从今天的角度看，这所学校的教育体系仍显得发达而完善，现在还保存的马克思高中毕业班（1835年）的功课表：

（1）拉丁语（勒尔斯）：西塞罗《讲演录选》；塔西佗《编年史》《阿格里科拉传》；贺拉斯《颂词》《讽刺

位于耶稣大街13号的马克思就读过的威廉中学遗址。

诗集》。（2）希腊语（勒尔斯）：柏拉图《斐多篇》；修昔底德《伯罗奔尼撒战争史（第1卷）》；《荷马史诗》；索福克勒斯《安提戈涅》。（3）德语（哈马赫尔）：歌德、席勒和克洛普什托克的诗；17世纪以来的德意志文学史。（4）希伯来语（施内曼）。（5）法语（施文德勒）：孟德斯鸠《罗马盛衰原因论》；拉辛《阿达里》。（6）数学（施泰宁格）：代数、几何、三角几何。（7）物理学（施泰宁格）：声学、光学、电学，磁学。（8）历史（维滕巴赫）：罗马史、中世纪史、现代史。可以说，这是一份具有相当水准的教学计划，有的授课教师是"很有声望的学者"。在威廉中学学习的6年时间，马克思一直沉浸

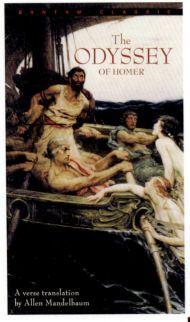

《荷马史诗·奥德赛》。青少年时期的马克思受到了西方人文经典的哺育和熏陶。

在欧洲人文经典和现代科学知识的熏陶之中。

中学时期马克思不仅掌握了较为丰富的知识，而且逐渐养成把社会现象置于历史发展的总进程中予以分析和定位、对复杂问题进行宏观把握与大跨度思考的习惯。1835年10月17日，马克思离开特里尔，乘船到达"莱茵省精神生活的中心"——波恩，开始了大学生活，

马克思故居博物馆展览中有关马克思在特里尔中学和波恩大学学习情况的文字介绍。

Gymnasium in Trier – Studium in Bonn

Karl Marx erhielt zunächst Privatunterricht, ehe er ab dem zwölften Lebensjahr das Gymnasium besuchte. Im Herbst 1835 legte er mit siebzehn Jahren das Abitur ab und begann in Bonn das Studium der Rechtswissenschaften. Gleichzeitig widmete er sich philosophischen und historischen Studien. Wie viele junge Menschen der damaligen Zeit war Marx Romantiker: Er schrieb Gedichte und kleinere literarische Arbeiten. Zum Leidwesen des Vaters lebte er weit über seine finanziellen Verhältnisse. Er würde Mitglied der Trierer Landsmannschaft in Bonn und genoss das studentische Leben.

一年之后又远赴柏林，那将是另一番天地。

现在这里是天主教神学院和教会博物馆。2018年马克思诞辰200周年之际，除了州立、市立和马克思故居博物馆，这里也会举办一个小规模的展览。教会举办纪念马克

思的展览？对！按
伊丽莎白·诺伊馆
长的介绍，其意图
是展示"教会对马
克思提出的社会改
革方案和实践历程
的看法"。

5. 特里尔马克思故居研究中心

　　"马克思故居本身还是一个研究机构，德国工人运动
的文献馆，2003年之前致力于马克思影响史的研究，之后
变成专门供观众参观的博物馆。"前者指曾存在过的重要
研究机构，特里尔马克思故居研究中心。从马克思故居博
物馆出来，步行不到100米，就看到一栋现代风格的建筑，
这就是中心原址。

　　该中心成立于1981年，2010年关闭。与马克思故居博
物馆一样，它也隶属于艾伯特基金会，两者功能相互补
充，很多人员也基本上是一体的。比如，曾经长期担任

位于Johannisstraße 28号的特里尔马克思故居研究中心办公楼，现在已经出售给一家公司。

研究中心主任的汉斯·佩尔格博士，曾经也是马克思故居博物馆的馆长。马克思故居研究中心存在了将近三十年，曾经是欧洲最大的马克思主义文献收藏和研究中心。参与编辑并出版MEGA^{2}是中心最重要的工作之一，这被视为德意志"民族的和国际的文化遗产（人文主义部分）"的巨大工程，"按照马克思的原始文稿刊出全部著

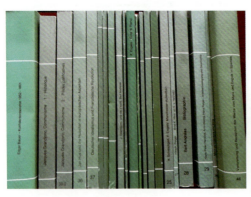

特里尔马克思故居研究中心赠送给北京大学马克思主义文献研究中心的图书。

马克思故居研究中心编辑的"马克思故居研究丛书"（绿皮书）影响很大，享誉"马克思学"领域。

作"。"马克思故居研究丛书"（绿皮书）影响很大，不仅是马克思故居博物馆必不可少的学术支撑，其中所刊发的大量关于马克思、恩格斯著述的编辑手记、考证和研究论文更成为"马克思学"领域的经典文献，具有永久的学术价值。

20世纪80年代末和90年代初东欧和苏联发生的剧变，使业已出版34卷的MEGA^{2}的后续编辑、出版面临着危险和艰难的抉择，为了避免像MEGA^{1}那样招致中途夭折的命运（12卷），由马克思故居研究中心和博物馆联合阿姆斯特丹国际社会史研究所、俄罗斯国家社会政治历史档案馆、柏林-勃兰登堡科学院四家共同发起成立"国际马克思恩格

柏林-勃兰登堡科学院MEGA网站首页界面。

阿姆斯特丹国际社会史研究所外景。

俄罗斯国家社会政治历史档案馆外景。

斯基金会（Internationale Marx-Engels-Stiftung）"。这一重大举措和机缘不仅真正实现了"拯救MEGA"的初衷，更促成了这项工作的完全转型——真正学术性、国际化以及更符合马克思、恩格斯原始手稿实际情况的编辑语文学原则的修订和完善。目前，该项工作已经完成过半——MEGA59卷得以正式出版，特别是作为马克思手稿中最重要部分的"《资本论》及其准备著作"于2012年8月全部出齐，标志着这项工作进入了一个新的阶段。

令人意想不到的是，在MEGA的编辑、出版自此逐步走向正轨后，上述四家单位所起的作用却发生了巨大的分化：阿姆斯特丹国际社会史研究所、俄罗斯国家社会政治历史档案馆因保存着马克思的绝大部分原始手稿及全部复制件而成为其中不可或缺的角色；柏林-勃兰登堡科学院则逐步演化为这项工作的主要组织者，尤其是在1998年MEGA由狄茨出版社改为科学院出版社出版后，它实际上成了MEGA所有工作的唯一统筹者；而特里尔马克思故居博物馆及研究中心除了部分研究人员在2003年以前以个人身份参与编辑某些卷次外，在整个MEGA组织工作中变得可有可无了。更为严重的是，特里尔马克思故居博物馆及研究中心的力量及相应的资金也被削弱了。基于情况变化、经费问题和某些特定的考量，艾伯特基金会在继1990年强行解散了一向以出版马列主义经典作家的著作、传记和国际共运史方面的文献著称的狄茨出版社（Dietz Verlag）

特里尔马克思故居研究人员著述。

后，又做出了退出MEGA编辑、出版工作的决定，并于2010年关闭了马克思故居研究中心。他们对此给出的理由是"以后的马克思研究主要应该由大学来承担"。

伊丽莎白·诺伊和玛格丽特·狄岑女士已经在此工作了30多年，她们对基金会总部做出这样的决定感到非常遗憾。事实上，研究中心的关闭对故居博物馆工作的影响

马克思故居博物馆
2015年上半年学术活动
安排。

很快就显现出来了：他们除了接待来自世界各地的人们参
观展览（这是其主要工作），不得不接手原来主要由研究
中心承担的收藏和收集文献资料、组织学术活动和展开学
术项目研究等事项，这使博物馆的工作愈加繁重，当然也
更为重要了。为此，他们不仅每年都组织定期的学术讲座
（一般一个月一次），还设立了一些研究项目。

　　作为一个严谨的学术机构，在东、西德分治时期，马
克思故居研究中心不仅与西方学术界有广泛的联系，而且
与苏联、东欧（包括民主德国）、中国很早就开始了交流
和合作。1983年马克思逝世100周年之际，他们便与中央
编译局合作在北京举办了《马克思生平事业展览》，在特
里尔举办了《马克思恩格斯著作在中国》，1985年、1987
年、1991年又分别同苏联、意大利、荷兰合作相继举办了
类似的展览。北京大学德语系的金海民教授来此学习四

年，并且在特里尔大学取得日耳曼语言学博士学位。中央党校侯才教授也来此工作、学习过三个月。马克思故居研究中心研究员赫尔穆特·艾斯纳尔教授（Helmut Elsner）曾经于2001年访问北京大学并出席"《共产党宣言》与全球化"学术研讨会。中央编译局更与其签订了长期合作协议，双方人员交往频繁。

马克思故居研究中心研究员赫尔穆特·艾斯纳尔教授（Helmut Elsner）曾经于2001年访问北京大学马克思主义文献研究中心，现在已经退休。

第五章　文献钩沉

马克思生活的时代特里尔城全景照片翻拍。

　　尽管马克思毕生注重自己学说的实践性、革命性，但成年之后，就职业和身份来说，他始终是学者、理论家。他主要以写作来表达自己对世界的理解和看法，所以，他的著述也就成为诠释其思想最重要的凭证和依据。

　　特里尔时期的马克思还处在学习和思想萌芽的阶段，留存下来的文献材料虽然不多，但对我们理解其思想的起源及发展具有重要作用，值得梳理和分析。

1. 诗作《人生》

　　一个15岁的少年，如何理解人生呢？并非来自现实生活的体验和观察，而是马克思所大量阅读的那些人文经典"塑造"了他最初的"人生观"。请看流传下来的马克思最早的诗作——《人生》中的表达。

　　《人生》反映了马克思对时间和生死的认识。他认为，时间是一个厉害的角色，宛如滔滔流水，倏忽即逝，而且是不可逆的，它所带走的一切都不会复返。从时间上看，人生太短暂了，因此，人们所看重的生死问题尤其是对生的贪婪和对死亡的恐惧其实是无足轻重的，甚至于生死之间的界限也不那么分明，所以不妨换成另一种理解：

马克思
出生证照片
翻拍。

米兰·昆德拉（Milan Kundera，1929—　），小说家，出生于捷克斯洛伐克布尔诺，自1975年起定居法国，代表性作品有《玩笑》《生活在别处》《告别圆舞曲》《笑忘录》《不能承受的生命之轻》等。

"生就是死，生就是不断死亡的过程。"既然如此，人们就应该明白：即使终生奋斗不息，最终也无法摆脱死亡的结局，总会有在有限的生命中完不成无限事业的困顿；随着自然生命的结束，所谓功名、业绩和追求都会湮没于时光的潮流之中。

"人类一思考，上帝就发笑。"这句古老的犹太谚语因米兰·昆德拉在1985年接受耶路撒冷文学奖时引用而再度传播。马克思在《人生》中先知般地表达了同样的看法："对于人的事业，精灵们投以嘲讽的目光。"大多数人终其一生强烈地渴望、贪婪地追求、苦心孤诣地经营外在的成功，把毕生的赌注都押在那些虚无缥缈、极为功利其实却十分渺小的目标上，而遗忘了人生的丰富多彩和多种可能性。从最终结局看，这样的人活得很辛苦，视界狭窄，又很孤独和迷茫，"人生内容局限于此，那便是空虚的游戏"。令人不齿的是，极少数"成功人士"沾沾自喜、自命不凡，其实他们不仅不伟大，反而很可怜、很滑

稽，"这种人的命运，就是自我丑化"。

从时间长河来反观有限的生命，"退后一步"思考人生的追求和意义，可能得出的结论稍显消极甚至悲观，但对于近代以来一直被激情、紧张、功利裹挟的芸芸众生来说，也是一副清醒、消肿和退热的药剂。在我们长期以来接受的马克思主义教育中，何曾有过这样的人生观念？但殊不知，这恰恰是马克思思想的起源！

附：马克思诗作《人生》

Menschenleben 人生

Carl Marx. 卡尔·马克思

Stürminsch entfliehet
Der Augenblick；
Was er entziehet，
Kehrt nicht zurück。

时光倏忽即逝，
宛如滔滔流水；
时光带走的一切，
永远都不会返回。

Tod ist das Leben
Ein ewiger Tod;
Menschenbestreben
Beherrscht die Noth;
生就是死，
生就是不断死亡的过程；
人们奋斗不息，
却难以摆脱困顿；

Gedichte. Aus einem Notizbuch von Sophie Marx.
Seite 9

马克思的姐姐索菲娅笔记本中的手迹。

Und er verhallet
In Nichts dahin;
Und es verschallet
Sein Thum und Glühn.
人走完生命的路，
最后化为乌有；
他的事业和追求
湮没于时光的潮流。

Geister verhöhnen
Ihm seine That;
Stürmisches Sehnen,
Und dunkler Pfad;
对于人的事业，
精灵们投以嘲讽的目光；
因为人的渴望是那样强烈，
而人生道路是那样狭窄迷茫；

Eeiges Reuen

Nach eit' ler Lust;

Ewiges Breuen

In tiefer Brust;

人在沾沾自喜之后，

便感到无穷的懊丧；

那绵绵不尽的悔恨

深藏在自己的心房；

Gierig Bestreben

Und elend Ziel

Das ist sein Leben,

Der Lüfte Spiel.

人贪婪追求的目标

其实十分渺小；

人生内容局限于此，

那便是空虚的游戏。

Groß es zu wähnen

Doch niemals groß,

Selbst sich zu höhnen,

Das ist sein Loos.

有人自命不凡，

其实并不伟大；

这种人的命运，

就是自我丑化。

德文版选自Eedichte.Aus einem Notizbuch von Sophie Marx.Marx-Engels Gesamtausgabe,I\1,Dietz Verlag,Berlin,1975,S.759-760.中文版录自《索菲娅·马克思的笔记本》，载《马克思恩格斯全集》第1卷，人民出版社1995年版，第915-916页。

2. 诗作《查理大帝》

查理大帝是一个历史人物，但马克思把他"艺术化"了。从诗作《查理大帝》中我们可以看出对历史进步尺度、对伟大人物功过的评判和衡量准则，这也透露了他早期思想的价值倾向。

查理大帝（Karl der Große，742—814），法兰克王国加洛林王朝国王，国际上最流行的法国式扑克牌上的红桃K人物原型。他建立了囊括西欧大部分地区的庞大帝国，引入了欧洲文明，在行政、司法、军事制度、文化教育及经济生产等方面都有杰出的建树，被后世尊称为"欧洲之父"。

在马克思看来，社会进步的标准是文明，而文明的尺度则是高尚的精神和美好的心灵。比如，格拉亚山的雄伟并不仅仅指山体的高耸，更是由于这片土地孕育出崇高的诗人，满怀激情的颂扬、激越欢乐的歌声与群山相映衬，人们沉浸在幸福之中。又比如，古希腊狄摩西尼的高贵，并不在于他后来成为那个时代最伟大的政治家、希腊联军的统帅，而是因为他曾经以演说家、雄辩家的论证逻辑、热情奔放的气质和对强权的大胆嘲讽影响了大众。让人深受感动和欢欣鼓舞的不是威权的气焰，不是功名与财富，而是时代的崇高和美，是缪斯的神圣光辉，是艺术的魅力和思想的深邃。

但是，在历史的发展中总有坎坷甚至倒退，野蛮亵渎甚至摧毁文明。8世纪中期，当欧洲社会被蒙上漆黑的阴影时，查理大帝出现了。

众所周知，查理大帝主要的事业是他建立了囊括西欧大部分地区的庞大帝国。在马克思看来，查理大帝征战四野、多次进行战争，乃至尸横遍野、血染疆场，并不是为了称雄争霸，而是"挥动崇高魔杖，呼唤缪斯重见天光"，即在被野蛮人占领、使文明出现倒退的地域，"让一切艺术重放光芒"。他在行政、司法、军事制度及经济生产等方面杰出的建树，都是为了提升社会的文明程度，以可靠的法律作为安全的保障使民众得以安居乐业。马克思特别提及查理大帝改变陈规陋习，大力发展教育，发挥神奇的教化功能。总之，查理大帝的功绩在于他战胜了那个时代的蒙昧，使文明重新回归欧洲，为"善良的人类赢得美丽的花冠，这花冠比一切战功都更有分量"，"这就是他获得的崇高奖赏"。正是基于这一点，查理大帝在世界历史长河中将永远不会被遗忘。

附：马克思诗作《查理大帝》

Auf Karl den Großen 查理大帝

1833. Carl Marx. 卡尔·马克思

Auf tiefem Dunkel war umwunden

Von des Barbaren Händen keck entweiht,

Was einst ein edler Geist empfunden,

Was jede schöne Seele hoch erfreut.

使一个高贵心灵深受感动的一切，

使所有美好心灵欢欣鼓舞的一切，

如今已蒙上漆黑的阴影，

野蛮人的手亵渎了圣洁光明。

Was in Begeisterund versunken

Des hohen Grajas hehren Dichter sang,

Was er einst selig, wonnetrunken,

Dem Raub der Zeiten kühn entrang.

巍巍格拉亚山的崇高诗人，

曾满怀激情把那一切歌颂，

激越的歌声使那一切永不磨灭，

诗人自己也沉浸在幸福欢乐之中。

Was einst in feurigen Gebilden

Der edle Demosthen herabgetönt,

Als tausende das Forum füllten,

Von dem er keck den stolzen Philipp höhnt.

高贵的狄摩西尼热情奔放，

曾把那一切滔滔宣讲，

面对人山人海的广场，

演讲者大胆嘲讽高傲的菲力浦国王。

Und alles Große,alles Schöne,

Was einst der Musen Zauberkreis umhüllt,

Was einst begeistert ihre Söhne,

War von Vandalenhänden roh verwühlt.

那一切就是崇高和美，

那一切笼罩着缪斯的神圣光辉，

那一切使缪斯的子孙激动陶醉，

如今却被野蛮人无情地摧毁。

Da rief mit henrem Zauberstabe,

Der große Karl die Musen neu empor,

Entriß das Schöne seinem Grabe,

Und lockte alle Künste hold hervor.

这时查理大帝挥动崇高魔杖，

呼唤缪斯重见天光；

他使美离开了幽深的墓穴，

他让一切艺术重放光芒。

Er milderte die rohen Sitten

Und herrschte durch der Bildung Wundermacht;

Sie lebten still in ihren Hütten,

Von sicheren Gesetzen stark bewacht.

他改变陈规陋习，

他发挥教育的神奇力量；

民众得以安居乐业，

因为可靠的法律成了安全的保障。

Und mehr als alle seine Kriege

Von bluthgefärbten Leichen hochgethürmt,

Als alle unheilsschwangre Siege,

Mit muthig hoher Heldenkraft erstürmt,

他进行过多次战争，

杀得尸横遍野血染疆场；

他雄才大略英勇顽强，

但辉煌的胜利中也隐含祸殃；

Umkränzet ihm die schöne Krone,

Die für die holde Menschheit er errang,

Ihm winket mit erhabnem Lohne,

Daß er die Rohheit seiner Zeit bezang.

他为善良的人类赢得美丽花冠，

这花冠比一切战功都更有分量；

他战胜了那个时代的蒙昧，

这就是他获得的崇高奖赏。

Und unvergeßlich wird er leben

In der Geschichte ewig großer Welt,

Sie wird ihm einen Lorbeer weben,

Der nie im Sturm der raschen Zeit entfällt.

在无穷无尽的世界历史上，

他将永远不会被人遗忘，

历史将为他编织一顶桂冠，

这桂冠决不会淹没于时代的激浪。

德文版选自Eedichte.Aus einem Notizbuch von Sophie Marx.Marx-Engels Gesamtausgabe,I\1,Dietz Verlag,Berlin,1975,S.760-763.中文版录自《索菲娅·马克思的笔记本》，《马克思恩格斯全集》第1卷，人民出版社1995年版，第916-918页。

3. 宗教作文

中学毕业时马克思的宗教作文被要求根据《约翰福音》第15章第1至第14节的有关论述，论证信徒与基督的同一性问题，进而对宗教知识、宗教观念、宗教情感进行一次综合的检视。马克思的作文初步透露和显现了他观照和把握世界特有的角度和方式。

（1）关于信徒与基督结为一体的根据。

马克思采取的论证思路有三点：

第一，把目光投向"历史"。马克思指出，在各民族漫长的历程中，不论其每个时代达到多么发达和鼎盛的程度，都始终摆脱不了迷信的枷锁，也没有形成关于自己、关于神的完满概念，在伦理、道德方面更有诸多不高尚的表现。就德行来说，粗野的力量、无约束的利己主义和对功名的渴求等表征了人类的不完美。在古代民族，未聆听过基督教义的、心无所寄的野蛮人，始终处于一种内心不安、害怕神威、深感卑贱的情绪中；连古代最伟大的哲人柏拉图也不止一次表示了对更高存在物的深切渴望，期盼这种存在物的出现可以实现对真理和光明的追求。总之，"历史""这个人类的伟大导师""教导我们，同基督结合为一体是必要的"。

第二，考察人的本性。人是一种两面性的、矛盾性的存在：一方面人心中有神性的火花、好善的热情、对知识的追求、对真理的渴望;但另一方面,欲望的火焰时刻在吞没永恒的东西,罪恶的诱惑声在淹没崇尚德行的热情,对尘世间富贵功名的庸俗追求排挤着对知识的追求,对真理的渴望被虚伪的甜言蜜语所熄灭。"人是自然界唯一达不到自己目的的存在物,是整个宇宙中唯一不配做上帝创造物的成员。"但是,善良的创始主不会憎恨自己的创造物,相反他想使自己的创造物变得像自己一样高尚。

第三,求救于"基督本人的道"。马克思认为,这是信徒与基督结为一体"最可靠的证据"。《约翰福音》中基督把信徒同他结合为一体的必要性表达得最清楚的地方,就是利用了"葡萄藤"和"枝蔓"这一绝妙的比喻。基督把自己比作葡萄藤,而把信徒比作枝蔓。枝蔓无法依靠本身的力量结果,所以信徒如果离开基督就将无所作为,无法达到自己的目的。

这样,马克思即从历史、人性和基督本身提供了信徒与基督结为一体的必要性的证明和依据。

(2)关于信徒与基督结为一体的含义。

这体现在两个方面:第一,"以爱注视","精神交融"。在同基督的结合中,信徒要用爱的眼神注视上帝,表达最热忱的感激之情,心悦诚服地拜倒在他的面前。这是信徒对基督之爱的回报,因为基督是宽宏大量的父亲、善良的引导者,是辛勤栽种和培育的园丁。而信徒之爱又是一种情感的延伸,即对上帝之爱,要延伸到人类之爱,对他人的爱。所以,同基督结合为一体,就是与基督实现

《约翰福音》是《圣经·新约》中的一卷，共21章，记载了耶稣的生平。马克思的作文用理性的方式使基督教教义变得人性化和可理解了。

最密切和最生动的精神交融。"我们眼睛看到他，心中想着他，而且由于我们对他满怀最崇高的爱，我们同时也就把自己的心向着我们的弟兄们，因为基督将他们和我们紧密联结在一起。"

第二，遵从命令，做出牺牲。对基督的爱不会是徒劳的，但也不可能是轻松的。这种爱不仅使信徒对基督满怀最纯洁的崇敬和爱戴，而且使他们"遵从他的命令，彼此为对方做出牺牲"。特别是要求信徒平静地迎接命运的打击，勇敢地抗御各种挫折，以理性约束自己的行为，甘愿忍受困难和劳累，这样他的所作所为才能体现对上帝本身的崇敬。

（3）关于信徒与基督结为一体的作用。

第一，提升德行。这种德行摆脱了一切世俗的东西而成为真正神性的东西。任何令人讨厌的隐匿不见了，一切世俗的东西沉没了，所有粗野的东西消失了，德行变得更加超凡脱俗，更加温和，更近人情。

第二，安妥灵魂，使心灵得到快乐。同基督结合为一体可使人内心高尚，在苦难中得到安慰，有镇定的信心和一颗不是出于爱好虚荣、也不是出于渴求名望、而只是为了面向博爱和一切高尚而伟大的事物敞开的心。这会使人得到一种快乐，这种快乐是伊壁鸠鲁主义者在其肤浅的哲学中，比较深刻的思想家在单纯对知识的追求中企图获得而又无法获得的，这种快乐只有同基督并且通过基督同上帝结合在一起的天真无邪的童心，才能体会得到，这种快乐会使生活变得更加美好和崇高。

我们看到，马克思的思路名义上是根据《约翰福音》指定章节进行论述的，但实际上已经越出了这一界域，要更为宽展。中学阶段大量历史和文学作品的阅读为他提供了多样的思路和精彩的提炼，这方面的论述甚至掩盖了他对有关宗教知识的陈述。更有深意的是，在关于上帝存在的证明，关于信徒与基督的同一的那些更为精致的本体论证明、认识论证明、道德论证明等流传甚久，也有足够的材料表明马克思对此较为了解的情况下，马克思没有抄袭其中的某一种思路（对于一个中学生来说，这是最可能、最容易而又无可指责的事情），而是以自己观照问题的特有视角和方式把所有思路统摄起来，提出了自己的论证思路和观点，这是难能可贵的。

本章内容参考《马克思恩格斯全集》第1卷，人民出版社1995年版，第449—454页。

4. 德语作文

对信徒与基督关系的探讨，对神人关系的阐释，是马克思人生观的另一个方面，是他对人生理想和目标的追索和陈述。人生目标的实现需要有一个落脚点，这就是职业。职业是达到人生目标的手段，正如马克思所说："对于这个共同目标来说，任何职业都只不过是一种手段。"这就是马克思中学毕业时的德语作文《青年在选择职业时的考虑》要讨论的内容。

能进行职业选择，是人比其他动物更为优越的地方。但职业是一把双刃剑，选择好的、适合自己的职业，可以成就人生理想，选择不好的、与自己的能力和资质不相称的职业，则"可能毁灭人的一生、破坏他的一切计划并使他陷于不幸的行为。因此，认真地权衡这种选择，无疑是开始走上生活道路而又不愿在最重要的事情上听天由命的青年的首要责任"。

（1）职业选择中的迷误。

如果我们在被热情欺骗，被幻想蒙蔽的情形下选择职业，那么就很可能不是出于自己的本心，而是"由偶然机

会和假象去决定了"。

为什么热情与想象不能成为职业选择的凭依呢？因为，热情可能倏忽而生，同样可能倏忽而逝，但职业却是需要"由我们长期从事，但始终不会使我们感到厌倦、始终不会使我们劲头低落、始终不会使我们的热情冷却的"。对"热情的来源本身加以探究"就会发现，热情其实是虚荣心的产物，而一旦热情侵入了职业选择的考虑之中，我们将无法判断出："我们对所选择的职业是不是真的怀有热情？发自内心的声音是不是同意选择这种职业？我们的热情是不是一种迷误？"同时，幻想和假象也是职业选择中靠不住的东西。幻想蓦然迸发，"我们的眼前浮想联翩，我们狂热地追求我们以为是神本身给我们指出的目标"，而且我们会用幻想把这种职业美化，把它美化成生活所能提供的至高无上的东西。我们没有仔细分析它，没有衡量它的全部分量，即加在我们肩上的重大责任。我们只是从远处观察它，而从远处观察是靠不住的。

（2）职业选择中的三种相关因素。

那么，排除"热情"和"幻想"在职业选择中的考虑之后，"我们的目光应该投向谁呢"？这就涉及职业选择中的三种相关因素：

第一，父母人生经历的参照。"当我们的理性丧失的时候，谁来支持我们呢？"首先是我们的父母，"他们走过了漫长的生活道路，饱尝了人世辛酸"，他们的阅历与经验对我们而言是宝贵的人生参照，"提醒"我们在职业选择中少走弯路，少犯错误。第二，"社会上的关系"的制约。因为我们并不总是能够选择自认为适合的职业，我们在社会上的关系，早在我们有能力决定它们以前就已经在某种程度上开始确立了。第三，个人"体质"的限制。谁也不能藐视体质的存在和它的权利。如果认为我们能够超越体质的限制，这么一来，我们也就垮得更快。在这种情况下，我们就是冒险把大厦建筑在残破的废墟上。在马克思那里，体质不仅包括人的生理状态，还包括情绪和能力。他认为，如果我们选择了力不胜任的职业，那么我们决不能把它做好，我们很快就会自愧无能，就会感到自己是无用的人，是不能完成自己使命的社会成员。由此产生的最自然的结果就是自卑。自卑是一条毒蛇，它无尽无休地搅扰，吮吸我们心中滋润生命的血液，而注入厌世和绝望的毒液。而如果我们错误地估计了自己的能力，自以为能够胜任经过较为仔细的考虑而选定的职业，但其实又胜任不了，这种错误将使我们受到惩罚。

（3）职业选择的标准、责任和目标。

在考虑选择职业的诸多条件之后，那么我们就"可以选择一种使我们获得最高尊严的职业，一种建立在我们深信其正确的思想上的职业，一种能给我们提供最广阔的场所来为人类工作，并使我们自己不断接近共同目标即臻于完美境界的职业"。

尊严是最重要的，它能使人高尚，使人无可非议、受到众人钦佩并高于众人之上。能给人尊严的职业，在从事这种

马克思中学毕业时的德语作文《青年在选择职业时的考虑》手稿中的第一页。

"我们的幸福将属于千百万人，我们的事业将悄无声息地存在下去，但是它会永远发挥作用，而面对我们的骨灰，高尚的人们将洒下热泪。"今天阅读马克思的少作，再对照他奋斗的一生以及后来波澜壮阔而又跌宕起伏的马克思主义的历程，真是感慨万千。图为德国萨克森州开姆尼茨（Chemnitz）市中心的马克思纪念碑。

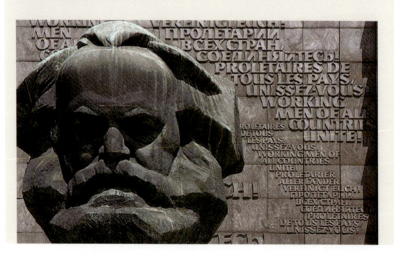

职业的时候我们不是作为奴隶般的工具，而是在自己的领域独立进行创造。这种职业不需要有不体面的行动，甚至最优秀的人也会怀着崇高的自豪感去从事它。最合乎这些要求的职业，并不总是最高的职业，但往往是最可取的职业。

当然，职业也是有分类的。一个人选择了职业，就意味着承担了责任和风险，特别是对于还没有确立坚定的原则和牢固的、不可动摇的信念的青年，不经考虑、凭一时冲动而贸然从事抽象真理的研究，那更是一种冒险。因此要重视作为我们职业基础的思想。明白这一思想，就会顾及各种复杂情形，保持冷静的态度，使我们的行为不可动摇。

选择职业的指针应当是人类的幸福和我们自身的完美。马克思指出，这两者之间不是彼此敌对、相互冲突的，不是一种利益必定消灭另一种利益。相反，人的本性是这样：人只有为同时代人的完美、为他们的幸福而工作，自己才能达到完美。"如果一个人只为自己劳动，他也许能够成为著名的学者、伟大的哲人、卓越的诗人，然而他永远不能成为完美的、真正伟大的人物。"历史把那些为同时代人的共同目标工作而使自己变得高尚的人称为最伟大的人；经验赞美那些为大多数人带来幸福的人是最幸福的人；宗教本身也教诲人们，人人敬仰的典范，就曾为人类而牺牲。

这就是一个少年在人生追索中对理想职业的期待和向往。

5. 拉丁语作文

到中学毕业的时候，马克思已经系统修过由校长维滕巴赫讲授的罗马史、中世纪史和现代史，在这方面可以说"具有了相当令人满意的知识"，特别是他的宗教作文表明他在看问题时已培养起自觉的历史意识和特殊的历史视角。而且，当时的中学教育不仅注重提高学生对历史知识的掌握程度，而且十分强调培养学生对历史事件或历史现象的分析和批判能力。

中学毕业时马克思的拉丁语作文《奥古斯都的元首政治应不应当算是罗马国家比较幸福的时代？》较之诗歌来说，分析和评论的力度大大增强了，显示了马克思"对事物较为深刻的理解"。文章开始马克思就提出对一个时代做出判断的三种方式，即要把它同其他时代进行比较、要看别人对它的评价和态度以及这一时代技艺和科学方面的状况。

马克思以大部分篇幅考察了第一方面，主要是把奥古斯都时代同罗马历史上的其他时期加以对比。粗而论之，古代罗马史分为王政时代（公元前753年—前510年）、共和时代（公元前509年—前30年）和帝国

盖维斯·屋大维·奥古斯都（Gaius Octavius Augustus，公元前63—公元14），罗马帝国的第一位君主，元首政制的创始人，统治罗马长达40年。"他善于审时度势、进退有节，处事机智果断、谨慎稳健。他所采取的一系列顺乎形势的内外政策，开创了相对安定的政治局面，为帝国初期的繁荣打下基础"。

时代（公元前30年—公元476年）三个时期，而帝国时代又分为前期帝国（公元前30年—公元283年）和后期帝国（公元283年—476年）两个时期。马克思作文中所论述的奥古斯都时代指的是罗马帝国的开创者屋大维从公元前27年获得了"奥古斯都"（意为至尊至圣）的称号后开始实行的元首政治制度时期。在这种体制下，仍然保留着共和制下的国家机构，如元老院、公民大会和高级长官制，但实际上由元首（元老院之首席）操纵国家大权。所以这种元首政治制度既不同于此前的共和制，也有别于此后的君主制。马克思所要拿来与奥古斯都时代对比的，一个是罗马共和时代在征服南意大利后为向地中海扩张而与该地区的另一个强国迦太基进行三次"布匿战争"之前的时代（公元前275年—前264年），另一个是在屋大维去世后其养子提比略建立的克老狄王朝遭宫廷政变颠覆后上台的尼禄统治的时期（公元54年—68年）。

前一个时期曾因"风尚纯朴、积极进取、官吏和人民公正无私"而被称为"幸福时代"，但马克思指出，这个所谓"幸福时代"其实是很有问题的，比如，各种艺术被鄙视，教育得不到重视，卓越的人才得不到重用，人们的谈吐不文雅，历史编纂不讲究文采，等等。而后一个时期，即尼禄统治的时代，那更是"不需要用好多话来描述"，因为那是一个暗无天日的时代。尼禄是罗马史上有名的暴君，耽于淫乐，挥霍无度，在他当政时期最优秀的公民被杀害，到处专横肆虐，法律受到破坏，最终罗马城遭到焚毁。

　　与罗马历史上的这两个时代相比，奥古斯都时代则是另一番不同的情形。它的统治以温和著称，表面来看，由于元首下令改变了机构和法律，往昔为护民官和执政官所拥有的一切权力和荣誉都转入了一人之手，所以各种自由、甚至自由的任何表面现象全都消失了。但实际上罗马人还是认为，是他们在进行统治，而"皇帝"一词只不过是先前护民官和执政官所担任的那些职位的另一种名称罢了，他们没有觉得自己的自由受到了剥夺。马克思还谈到战争，与征服南意大利战争相比，奥古斯都时代不仅将帕提亚人、坎塔布里亚人、勒戚涯人和温德利奇人一一击溃，而且把罗马人最凶恶的敌人、恺撒与之斗争但未能战胜的日耳曼的许多部落的势力总体上摧毁了。至于布匿战争以前发生的内部派别纷争，也都终止了。为什么会出现这样政通人和、所向披靡的局面呢？马克思的解释是，奥古斯都把所有派别、一切头衔、全部的权力都集中到他自己一人身上，因而最高权力本身不会发生矛盾。特别是奥古斯都为改善动荡的国家状况所建立的机构和制定的法律，对于消除内战造成的混乱起了很大的作用。他清除了元老院中犯罪行为的痕迹，清洗了许多在他看来作风可恶的人，而吸收了许多智勇出众的人担任国家的职务。这样，在马克思的心目中，奥古斯都所建立的国家是最适合他那个时代的，因为"当人们变得柔弱，纯朴风尚消失，而国家的疆土日益扩大的时候，独裁者倒可能比自由的共和政体更好地保障人民的自由"。

至于第二、第三种对历史时代做出"判断的方法",马克思只是非常简略地提到。比如,谈到一个时代必然要参照当时的人们对它的评论和态度,而古代人对奥古斯都时代则可以说是赞誉不绝的,著名的诗人贺拉斯称颂他为"神圣的",认为屋大维与其说是人,还不如说是神,而杰出的历史编纂学家塔西佗也总是以最大的尊敬、最高的赞赏,甚至以爱戴的感情来评价奥古斯都时代。至于各种科学和技艺,任何一个时代也没有像奥古斯都时代那样繁荣过,在这一时代涌现了很多作家,他们的作品成了大部分民族从中汲取教益的源泉。

按照当时马克思对"幸福时代"的理解,"如果一个时代的风尚、自由和优秀品质受到损害或者完全衰落了,而贪婪、奢侈和放纵无度之风却充斥泛滥,那么这个时代就不能称为幸福时代"。以此标准来衡量奥古斯都时代,则可以说是迥然不同的情形:国家治理得不错,元首愿为人民造福,最杰出的人们担任着国家职务;派别纷争已经终止,而各种技艺和科学繁荣昌盛。它并不逊色于罗马历史上最好的时代,并且有别于那些最坏的时代,因此完全可以说,奥古斯都的元首政治时期应该算作是最幸福的时代。

以"风尚、自由和品质"等作为衡量一个时代是否"幸福"的指标,把复杂的社会作人格化的评判,反映出少年马克思对社会结构系统的观照和透析还停留在可感事物、表层现象。只有找到制约这些社会表层的"漂浮物"

的深层因素，找到"原因背后的原因"，才能真正理解一个时代的进步与局限、意义和价值。

6. "1842—1843年通信"

马克思一生的生活方式迥异于常人，用现在的话说，他是"体制外生存"的人，绝大部分时间在国外（英国）居住，离开国家的庇护，也无社会职业，主要依靠他人资助和少量遗产馈赠为生，专事学术研究和写作。这样的生活状态是怎样确立的？是他人生之初的自愿选择吗？不，这与马克思1842—1843年的经历有关，这期间有6个星期他是在特里尔度过的，其中他于2月10日、3月5日、3月20日、7月9日围绕《德法年鉴》的创办而写给卢格的几封信，构成著名的"1842—1843年通信"的重要内容。借助这些书信，我们可以把马克思将近两年的生活和工作情况完整地勾勒出来。

（1）未完成的个人著述。

1841年4月，马克思通过《论德谟克利特和伊壁鸠鲁自然哲学的差别》获得博士学位，并且打算到波恩大学任教，但因各种缘由，愿望没有实现。于是他只能通过在报刊

初尝现实艰辛，又踌躇满志的青年马克思大学学习时的画像。

上发表文章来发出自己的声音，以表达对社会问题的看法。

此时的马克思还属于"青年黑格尔派"成员。该派在此之前于1838年1月创办了《德国年鉴》（Deutsche Jahrbücher）。《德国年鉴》由卢格等人编辑，起初为文学—哲学杂志，后来逐步发展成一份政治评论性质的刊物。1842年2月10日，马克思利用回故乡特里尔探亲的机会给在德累斯顿的卢格写信，寄去他所撰写的《评普鲁士最近的书报检查令》一文，希望能发表在该刊上，并表示其"批判热情可以为您效劳"，自己"力所能及的一切都将由《德国年鉴》支配"。但在当时的情况下，《德国年鉴》办得并不顺利。起初其编辑部设在哈雷，所以也叫《哈雷年鉴》，后因受到禁止出版的威胁，不得不迁址德累斯顿，并改名为《德国科学和艺术年鉴》。但好景不长，德累斯顿所属的萨克森州政府也突然对其实行严厉的检查，致使其不能再公开出版。于是卢格打算在瑞士

马克思致卢格信手稿。"德国已深深地陷入泥潭，而且会越陷越深"

出版两卷本的《德国现代哲学和政论界轶文集》，计划将过往旧稿刊出，并将马克思的上述文章也收入其中。

1842年3月3日，马克思的岳父冯·威斯特华伦去世，使他几乎一度"不能做什么正经事"。但尽管如此，两天后，他还是抽暇再次致信卢格，赞赏其计划，称这一举措是对政府的一种"示威行动"。信中还询问卢格能否将其另一篇论文《论基督教的艺术》也收入"轶文集"，后来在3月20日的信中马克思更将此事作为"正题"专门谈论。但由于各种各样的琐事，马克思有一个月时间"几乎完全不能写作"，再加上他当时"又陷进了各种各样的研究中"，"还需要更长的时间"来进一步消化和凝练问题，所以无法按期交出论文。4月27日，身在波恩的马克思不得不再次致函卢格，请求延迟几天，但同时告知文章已经脱稿，他将寄出"在内容上都是相互联系的"《论基督教的艺术》《论浪漫派》《历史法学派的哲学宣言》《实证哲学家》。

但是，马克思最终没有践履自己的诺言，按约定的时间把文章寄给卢格。7月9日，他从特里尔给卢格写信，解释未能将文章寄出的原因。当然，他也并没有放弃，仍称"给'轶文集'撰稿使我感到荣幸"，"在给'轶文集'写的文章完稿之前，我什么也不做"。还再次提及《论基督教的艺术》一文的修改。

（2）生活困境与遭遇坎坷。

马克思没有完成写作任务，一方面是他个人生活方面的缘由，首先是岳父于1842年3月、弟弟于5月、姨母于6月接连去世，为办理丧事他不得不在特里尔待了6个星期，之后又因他不屑于参与政治而拒绝了待遇优厚的公职，再加上此前谋取教职也遭失败，引起母亲的不满，停止了对他的生活资助，并且不允许他接受父亲的遗产，致使他的生活陷入窘境，不得不推迟与燕妮的婚期。另一方面，更重要的是，马克思开始给青年黑格尔派另一个重要的舆论阵地《莱茵报》写稿，进而参与并主持编务，这花费了他大量的心思和精力。因为不只是萨克森州，莱茵省也不是"一个政治的埃尔多拉多（指西班牙殖民者所幻想的南美大陆的财富之地）"，"要把《莱茵报》这样的报纸办下去，需要极其坚强的毅力"，得应付来自书报检察机关、议会、教会、资产者、市民和同行等之间各种各样的社会关系，而他所接触到的"社会的肮脏事"更胜过私人琐事的烦恼。

为了把《莱茵报》顺利地办下去，马克思真可以说是用心良苦。他在8月中旬给该报理事达哥贝尔特·奥本海姆的信中，在推荐卢格的稿件，索要卡·亨·海尔梅斯几篇反对犹太人的文章以便做出回应，询问汉诺威自由主义反对派的稿件处理情况等具体事宜后，便以布鲁诺·鲍威尔匿名发表的《论中庸》为例，着重谈到了理念与实践的关系以及报刊发文的"策略"问题。在这封信中，马克思提出了被后人所熟知的著名观点："正确的理论必须结合具体情况并根据现存条件加以阐明和发挥。"他举例说，在当时的情况下，对国家制度的讨论，适宜在纯学术性刊物上而不是在报纸上进行。

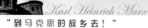
马克思致卢格的信件手稿，寄希望于"为新人类服务的新兵""思维着的人""受难的人"。

马克思的谨慎态度并没有缓解政府对《莱茵报》的压力。1842年10月15日他正式接手主持该报编务，更引起了当局的忧虑，莱茵省总督尤斯图斯·威廉·爱德华·冯·沙培尔一方面向柏林报告说《莱茵报》的文风和观点变得"越来越粗鲁而尖锐了"，另一方面又委托该省行政长官下达训令，要求报纸做出人事调整。为此，马克思于1842年11月12—17日以官方认可的编辑约·恩·雷纳德的名义给沙培尔发去一封信，为《莱茵报》做出辩护，陈述其不同意见。此外，马克思还要处理与教会的关系，回应针对有关《莱茵报》具有反宗教倾向的指责。当然马克思也表现了一定程度的变通与和解意向，即只要符合报纸的独立使命，除非其他报纸和政治形势的逼迫，他主持的报纸愿意尽量不谈教会和宗教问题。

真是"腹背受敌"！政府、教会之外，更有同道之间的龃龉、矛盾和摩擦，而且更为难缠。1842年11月30日，马克思从科隆给卢格写信，专门谈同更为激进的青年黑格尔派新生代派别"自由人""有关的'纠纷'"，以期盼借助卢格的影响力使其在态度上"暂时退却"。他渴望得到卢格及其朋友们对他的支援（如撰写文章），使他不至于孤军奋战。

但是，马克思的努力没能避免《莱茵报》的厄运。1843年1月，报纸接到官方通报，将在同年4月1日被查封，在此之前出版的报纸也要受到书报检察机关和警察局的双重检查，编好的校样必须上交，"让他们统统嗅一遍，只要警察的鼻子嗅出一点非基督教的、非普鲁士的东西，报纸就不能出版"。1月25日马克思从科隆致信给在德累斯顿的卢格，详细陈述了事情的原委和自己初步的打算。当然，尽管已经接到将被查封的通告且已在为未来做着谋划，马克思却并没有立刻撂手最后的工作。2月初他还给莱茵省专职检察官威廉·圣保罗寄去卢格写的一本控诉萨克森政府查封《德国年鉴》的小册子，目的是在《莱茵报》上发表一篇对其所做的评论。这次他终于如愿以偿了。

（3）《德法年鉴》的出版及最终命运。

再看卢格方面《德法年鉴》的情况。早于《莱茵报》，他所编辑的《德国年鉴》在1843年1月3日被正式查禁。面对这种状况，卢格一方面对政府提出抗议，试图使其能重新获准出版；另一方面又做创办新刊的规划，后者促成了他与马克思的联手合作。3月13日，了解到卢格有双重设想的马克思致信给他，认为把功夫花在《德国年鉴》重获出版或在德国某地另办一个新刊的意义都不大，"至多也只能搞一个已停刊的杂志的很拙劣的翻版"，而"这样做是不够的"。为此，他提出在巴黎出版德文刊物《德法年鉴》，认为这才"是能够产生后果的事件，是能够唤起热情的事业"，"这是原则，其他一切都是阴谋"。尽管他谦称自己"所谈的仅仅是我的肤浅之见"，但很显然已经过深入思考。

马克思不仅仅只是提出一个设想而已，实际上已经行动起来——不论什么样的情况发生他都不想留在《莱茵报》了，"我不能在普鲁士书报检查制度下写作，也不能呼吸普鲁士空气"。他决定，利用去德荷交界的克罗茨纳赫与燕妮结婚的空隙"写出几篇文章来"，还计划到德累斯顿与卢格待几个星期，以便着手新刊的准备工作、发布预告等。

其后一段时间，身在荷兰的马克思经常翻阅当地和来自法国的报纸，关注它们关于德国局势的报道。他发现，这些报纸的看法和意见表现出惊人的一致，普遍认为"德国已深深地陷入泥潭，而且会越陷越深"，"自由主义的华丽外衣掉下来了，可恶至极的专制制度已赤裸裸地呈现在全世界面前"，以至于"再也没有人会相信普鲁士制度及其明显的本质了"。这是德国的现状所提供的"反面的启示"。

为了就近实地观察和体验德国的情况，卢格很快离开法国回到国内。他在柏林居住了一段时间，感到很失望。5月他写信给马克思，告知他的观察，即这个国家多年来一直都被一种对专制主义奴颜婢膝的精神所笼罩着，现在也没有出现任何变革的迹象。马克思没有受到这封被他比喻为"一支出色的哀曲，一首使人心碎的挽歌"的来信情绪的影响，相反，他马上回信宽慰卢格说，"任何一个民族都不会绝望"，"很多年后，总有一天它会突然变得聪明起来，实现它所有的虔诚的愿望"。

马克思的呼吁得到了卢格的响应，8月，他给马克思写信，说他"已经下定决心，不再留恋过去"，而要把创办《德法年鉴》作为"新的事业"的第一步，并且摒弃了仍属于德语区的瑞士或斯特拉斯堡，而采纳马克思的提议，选定巴黎作为刊物的出版地。马克思非常高兴，9月，他从克罗伊茨纳赫回信给卢格，盛赞他的设想，鼓励他"到巴黎去，到这座古老的哲学大学""新世界的新首府去吧"！尽管也"承认障碍很大"，但他"毫不怀疑，一切障碍都能排除"，因为这是"必须做的事情"，是"必定能实现"的愿望。随后的10月，马克思也到了巴黎。

在当时的情况下，专制主义在各国都存在着，只是程度上略有差别而已，因此也不要奢望《德法年鉴》会办得一帆风顺。马克思在巴黎收到从德语区苏黎世寄来的专门装有《德法年鉴》稿件的信件，让他感到蹊跷的是，信封未封口，而且上面有别人的字迹；内中虽然有详细罗列出的稿件的目录，但除恩格斯的文章外其余稿件全都不见

了，而恩格斯的文章内容也不全，只有几页。为什么"这封信看来很怪"呢？11月21日马克思在给邮寄稿件的尤利乌斯·福禄培尔的信中，做了这样的分析：一种可能是法国政府截住并拆开了信件和邮包；另一种可能是策划了瑞士警察检查制度的布伦奇里及其同伙所做的密探勾当。马克思希望《德法年鉴》年底面世，但工作进展并不顺利：卢格在开印的前几周生病了，绝大部分关键性的编辑工作落到了马克思身上，法国作者的作品一篇也没有约到，而作为德国哲学界"大咖"的费尔巴哈等人的稿件也缺席了。

1844年2月底，历经磨难的杂志正式出版，刊出的文章包括：卢格的《〈德法年鉴〉办刊方案》、杂志撰稿人之间

《德法年鉴》封面。1844年2月底，历经磨难的《德法年鉴》正式出版。没有想到的是，这一期既是创刊号，也是终刊号。

的8封通信（即为马克思致卢格3封、卢格致马克思2封、卢格致巴枯宁1封、巴枯宁与费尔巴哈致卢格各1封）、马克思的《〈黑格尔法哲学批判〉导言》和《论犹太人问题》、恩格斯的《政治经济学批判大纲》和《英国状况》、海涅和海尔维格的两首诗、赫斯的一封信、一份官方判决书和编后记《刊物的展望》，创刊号印刷了2000册。

没有想到的是，这一期既是创刊号，也是终刊号。普鲁士政府不仅在国内对出版物和新闻报道进行压制，还大力禁止国外妨碍"治安"的出版物的输入，社会主义思潮的宣传属于其明令禁止的范围。《德法年鉴》中有几篇文章明显地带有这方面的色彩，所以当局迅速做出反应：发文严禁在国内传播，在德法边境查封了数百本杂志，对作者马克思、海涅、卢格等发出逮捕令。遭逢如此恶劣的外部环境，投资人弗吕贝尔不愿再冒损失更多钱财的风险，决定退出这项事业，致使杂志的经费难以为继。更为严重的情况是，作为杂志创办人的马克思与卢格在思路上也出现了很大的分歧，两人关系的改变，决定了《德法年鉴》最终的命运。

从《德国年鉴》《莱茵报》到《德法年鉴》，这段经历对于马克思一生来说非常关键。一方面，世事磨难，理想难酬；另一方面，贯串期间的观察、思考和实践，却促成了他心理和思想的成长、生活方式的抉择，自此马克思走上了一条在艰难困苦中生存，毕生致力于现实批判和社会变革以寻求人类的解放的坎坷道路。

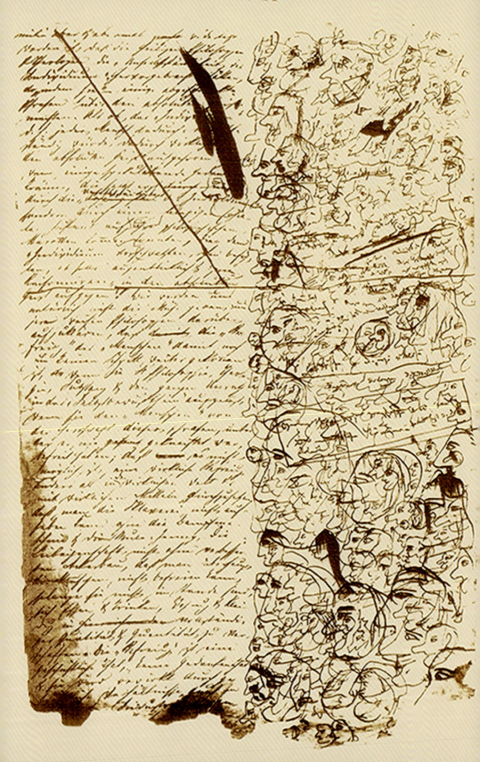

第六章　当代思索

时光如水。在马克思的故乡生活、工作了一年，除了完成研究项目和撰写专著，花费了很多时间来观察、凭吊、阅读和感受，思绪绵绵……

有一段时间我几乎每天上午都要坐车从Irsch住地到位于市中心布吕肯大街10号的马克思故居博物馆和距此仅隔一个广场的位于诺伊大街83号的燕妮故居。在这里，我与馆长伊丽莎白·诺伊、负责教育培训的玛格丽特·狄岑等专家熟识，特别是看到一些第一手文献，进一步实地切身地感受、理解和体悟了马克思思想的起源、内涵和发展。

我百思不得其解：这块土地上诞生的思想和精神，怎么会解释和演变成理论实质上的"斗争哲学"、社会形态演进中的单线论和直线论、社会运动中你死我活的专政策略和孕育集权统治的"意识形态"。图为特里尔城内一座古老的建筑。

我与伊丽莎白·诺伊馆长在马克思博物馆三层原件保存柜前留影。

每当在车站等车回家时，我都会习惯性地从远处端详这两座三层楼高（燕妮故居更豪华和气派一些）的巴洛克建筑，遥想当年这对禀赋特异的少男少女情窦初开、激情无限的情景，眼前便浮现出燕妮于1838年6月24日从尼德尔布隆（Niederbronn）写给远在柏林的马克思的信中所描述的情景：在这所古老的"教徒之家"（Das alte Pfaffennest）里，"亲爱的卡尔""与我在一起，我依偎在你胸前，和你一起眺望清冽而怡人的深谷、妩媚的草地、森林密布的山岭……"。我百思不得其解：这块土地上诞生的思想和精神，怎么会解释和演变成理论实质上的"斗争哲学"、社会形态演进中的单线论和直线论、社会运动中你死我活的专政策略和孕育集权统治的"意识形态"？

作为一个"异邦人"，我一次又一次目睹马克思故乡普通百姓日常生活的境况，这令我豁然开朗：这不就是《德意志意识形态》手稿页边上插进去的那段话所描述的状态吗？——"任何人都没有特殊的活动范围，而是都可以在任何部门内发展，社会调节着整个生产，因而使我有可能随自己的兴趣今天干这事，明天干那事，上午打猎，下午捕鱼，傍晚从事畜牧，晚饭后从事批判，这样就不会使我老是一个猎人、渔夫、牧人或批判者。"当然，随着社会的发展，他们不再需要打猎、捕鱼和从事畜牧等体力劳动，而是有大量的时间休闲、娱乐和度假，而工作期间则一丝不苟，专注而敬业。尽管德国现在存在经济复苏乏力、难民涌入的危机，甚至报纸上不时还有"大众买不起大众汽车"之类的讨论，但这座小城依旧古老、静谧而优美，至少从表面上看不到分工、等级、地位、名誉、政治、资本、金钱对普通人生活的操控、支配和压抑，人们的生活自由而舒适。现在马克思的故乡并没有他毕生所批判的资本明显作用的痕迹，多么耐人寻味、发人深思！

《德意志意识形态》手稿。

在Irsch镇口靠近马路的地方有一块墓碑，上面写着：ICH WILL EUCH ZUKUNFT UND HOFFNUNG GEBEN（我也想给你未来和希望）。每次路过我总会停下脚步观瞻一番。看着它，总让我感慨良多，想到自己的祖国，

Irsch镇口靠近马路处的墓碑。

想到自己的故乡，想到我们以往所理解的马克思主义，特别挂心那些终日为生活奔波、辛苦，在贫困、卑微、恩怨和焦虑中度日的父辈和兄弟姐妹：这样的生活是不是他们的"未来和希望"？我们正在建设着的中国特色社会主义与经典马克思主义到底是什么关系？

对于马克思来说，20世纪国际共产主义的实践发展和理论阐释、资本主义与社会主义的对峙和交流，确实极大地提升了其思想的影响力和知名度。然而，过分极端化的评价和非理性的态度，也严重地脱离了马克思本人的真实状况。深究起来，导致这种情形最主要的缘由，恐怕是没有将马克思思想的起源及其内涵置于西方文化传统和社会发展的历史链条中看待，因此，无论是赞成者还是反对者，要么严重误解了两者之间的关联，要么干脆把它从传统中离析出来。马克思往往是以一个"激进者""反派者"的姿态独立于思想史和哲学史：他或者傲视群雄，历

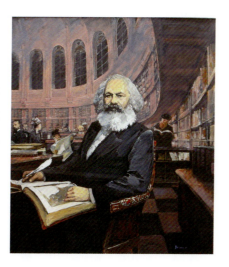

马克思形象之一：博览群书的学者。图为油画《马克思在大英博物馆》。

史上其他思想家的贡献被认为只是其思想的注脚和论据；又或者被贬得一无是处，甚至被逐出思想史、哲学史的序列，成为一种"另例"和"古怪"的存在。就马克思与西方传统关系而言，他的思想发展和建构确实带有强烈的批判成分，但实际上他的批判具有典型的"德国哲学式"的特征，绝不是对传统弃之不顾、彻底打碎、颠覆重来，而是在深刻剖析和反思基础上的扬弃和超越，是在深厚文化积淀基础上的传承和推进，是涓涓溪流逐步汇聚而成的滔滔大海，是滥觞之上的勃兴。

马克思形象之二：革命运动的领袖。图为油画《法庭上的胜利》。

马克思形象之三：气宇轩昂的侠客。图为电脑游戏《刺客信条：枭雄》里的马克思。

Karl marx (1818-1883)

马克思

是个九零后

马克思形象之四：网络时代的弄潮儿。试图吸引青年人关注的流行读物中的马克思。

以上判断不是抽象的言说和外在的推论，从马克思思想起源之时就可得到佐证。"特里尔传统"是一种无形的"文化场"，城中心那十余栋古罗马时期的建筑，规模宏大，豪华富丽，雄伟壮观，本有歌颂权力、表彰战功、炫耀财富之意，但历经千年风霜洗礼和社会变迁，留存的则是大气的设计、精湛的技艺、完美的施工和浑厚的历史感。而近代以来留存下来的巴洛克（Baroque）

特里尔一所教堂内景。

巴洛克风格房屋外景。

风格的房屋，一如Baroque一词源于葡萄牙语的Baroco（意为"不圆的珍珠"）、意大利语的Barocco（意为"奇特、古怪、变形"）和法语的Baroque（意为"俗丽凌乱"）的意涵，绝不仅仅是一般的容身之地和生活居所。它们外观多样，追求动感，其富丽的装饰、雕刻和强烈的色彩穿插着曲面和椭圆形空间的设计，显现出奔放、自由而又不无神秘的特点，真正代表了欧洲文化典型的艺术风格和时代风貌。

无须参阅更多的考古学文献和编年史材料，只要实地考察便可知道，现在特里尔城中心的布局、主要建筑乃至街道与马克思生活的年代几无差别。马克思的故居门前的那条街道依然叫Brücken，只不过由 gaße改称为straße，由664号调整为10号。特里尔建成时人口为8万，后来人口锐减，比如曾因参与（或被迫或自愿）国与国之间的纷争导致人口只剩下9000余人。后来特里尔幡然自省，不寄希望于通过战争带来繁荣，而是仰赖既有秩序的维护和社会的

从建筑可知，特里尔在保持传统方面是多么一贯而具有韧性。

渐进变革，遂使人口逐步恢复。近代以来，工业化和现代化进程加速，各地人口膨胀，但特里尔早有防范，通过立法手段和行政措施分流，城市人口数量基本保持在10万人左右的规模。从这些方面可以看出，特里尔在保持传统方面是多么一贯而具有韧性！

那么，"特里尔传统"对马克思究竟有什么影响

在传统氛围中过狂欢节的特里尔人。

呢？我认为，主要是宗教情感和人文关怀。那些壮丽的建筑基本上都与宗教有关，而其中天主教的理念又体现得尤为突出和明显，这里指的不是严格的教规、固定的礼仪和刻板的程序，而是其中所渗透的精神气质。天主教虽然有

天主创世、"三位一体"之说，但作为"最高主宰"的主被赋予至高无上、全能全知、无所不在的神性和定位，某种程度上是启示被它创造出来的人要知道自己的来源和局限，懂得感恩，有所敬畏。主之外的信众则天生平等，没有高低、贵贱、智愚之别。每个人都要服膺天律，坚守正义，积极面对生活，忍受苦难，净化灵魂，补赎罪过，最终善良和罪恶会获得迥然不同的报应。

这些观念的灌输再加上父亲所受到的开明新教的影响，特别是中学时期贯穿在语言、宗教、历史等课程中的人文经典的熏陶，使马克思一生中的价值追求和人性关怀借此得以确立起来。我们应该在这一意义上理解马克思思想与宗教之间的复杂关系，而不能将他后来基于宗教产生的世俗根源和现实流弊而转向无神论和"反宗教"的立场与此完全对立起来，尽管表面矛盾，但内在的价值仍有一致之处，因为宗教不仅代表着具体的、特定的教派，更体现着人类学意义上的终极关怀。

尽管马克思后来走出了特里尔，但这里永远是他的故乡。马克思毕生探究和追求超越资本主义的自由、公正、平等和正义，这些都源自"特里尔传统"的浸润和培育。

实际上，马克思作为一个无神论者和反宗教斗士的形象在"马克思之后的马克思主义"的发展历程中被无限夸大了。他一生关于宗教发表过大量论述，就否定性意见而言，马克思在成年时期抨击和反对过的只是特定的宗教教义及其思想流弊，研究和透视的是宗教产生的世俗基础及其社会影响。作为西方文明孕育的一代思想巨匠，很难说他与普泛意义上的宗教情结、宗教心理和终极关怀截然隔离，没有关联，至少在青少年时期，神学与宗教一直是他成长和运思的背景或底色。

我们可以看一下少年马克思所处的神学或宗教氛围。马克思的父亲亨利希·马克思是一名律师，许多论著都注意到他对儿子的重大影响，称之为"启蒙主义者""理性主义者"。但需要指出的是，所谓的"启蒙主义""理性主义"严格来说，并不是拒斥神学，走向无神论或反宗教，而是改换门庭，皈依新教。诚如

马克思、恩格斯毕生探究和追求超越资本主义的自由、公正、平等和正义。

奥古斯特·科尔纽所说，"使他摆脱了褊狭的犹太正统宗教的这种理性主义，是他改宗到与他志趣相近的开明新教的部分原因"。在马克思出生前两年的1816年其父亲改信路德教，1824年又为包括马克思在内的7个孩子作了洗礼，1825年其母亲也改信基督教，1834年3月23日马克思受坚信礼（Confirmation，一种基督教仪式。根据基督教教义，孩子在一个月时受洗礼，十三岁时受坚信礼，孩子只有被施坚信礼后，才能成为教会正式教徒）。而在特利尔弗里德

马克思主义宗教观的研究尚待深化。图为位于英国伦敦北郊海格公墓内的马克思墓地。

利希·威廉中学6年学习期间，宗教读本一直是贯串于马克思所修"语言""历史"两大课程中极为重要的内容。因此，说马克思是在神性背景或氛围中成长起来的，确是一个恰当的指认。

"特里尔时期"马克思思想的状况奠定了他以后人生之路和理论发展的基础，其中的价值追求、对世界结构的初步理解、较为严密的逻辑论证和大致成型的思考构架等思想因子对其之后的思想和实践产生了潜在的影响，催生他的思考向更为宽广和纵深的层次跃迁。

1. 人格生成

长期以来，人们对马克思形象的解读是两极的：在国际共产主义运动和社会主义国家中,他是"盗火者",是无与伦比的伟人,是"放之四海而皆准"的"绝对真理"的发现者和革命运动的领袖;而在那些仇视马克思主义的人眼中,他又成为"魔鬼的化身"、撒旦教的信徒,他的学说被污蔑为"谎言与欺骗",其人生追求和价值目标被认为是不可实现的"乌托邦"。这两种形象都离真实的马克思很远。只有对马克思的生活经历、著述进行考察和研读后,才能对这些极端化的论调做出符合实际的判断。

还是根据实证材料来分析吧。马克思的女婿保尔·拉法格虽然是晚辈,但两人可以说是莫逆之交,他们相知甚深。马克思去世后拉法格在自己位于德拉维依的办公室里挂上一幅马克思的画像:一位白发苍苍的老人,面带慈祥的笑容,微微地眯起眼睛,从墙上望着来人。"既没有任何气宇轩昂的仪表,也没有任何庄严肃穆和令人起敬的仪态",乃至给前来拜会的达·梁赞诺夫留下这样的印象:"这完全是另一个马克思!"他还想起了曾

保尔·拉法格(1842—1911),马克思女婿,法国和国际工人运动活动家、理论家,被恩格斯称为"巴黎这个光明之城的一盏明灯"。

《马克思的自白》
（Confessions）。

经与马克思实际交往过的李卜克内西描绘的生动情景："这位《资本论》的作者，肩上驮着心爱的外孙琼尼，在满屋子里来回乱跑。"更幸运的是，梁赞诺夫还得到马克思女儿劳拉提供的一份英文手稿，记录了马克思对女儿们提出的一些问题的简单回答，这就是著名的《马克思的自白》（Confessions）。

在《马克思的自白》中，马克思将"纯朴（一般人）""刚强（男人）"和"温柔（女人）"视为他"最珍爱的品德"，用"目标始终如一"概括其性格特点，坦陈"啃书本"是其"喜爱做的事"，用"奋斗"诠释对幸福的理解，用"屈服"解释他所理解的不幸，认为"轻信"尚可原谅，但"奉迎"则是"最厌恶的"，还列举说他"最喜爱的诗人"是莎士比亚、埃斯库罗斯和歌德，"散文家"是狄德罗，"英雄"是斯巴达克、开普勒，"女英雄"是甘泪卿，而浅薄的英国教会诗人马丁·塔波尔是他最讨厌的。他钟爱月桂，喜欢红色……最后马克思将他"喜爱的格言"概括为"人所固有的我无不具有"，而"喜爱的座右铭"则是"怀疑一切"。

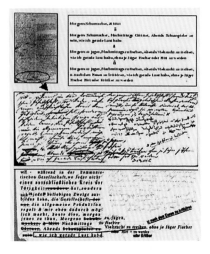

大卫·鲍里索维奇·梁赞诺夫是苏联马克思文献编辑和研究的奠基人，主持了《马克思恩格斯全集》历史考证版第一版的编辑工作，开创了"马克思学"新领域。图为《德意志意识形态》编辑稿。

回想关于马克思早期的文献，可以说，马克思的这份《自白》中所提及的性格、习惯、理念、信物、意向、看法、态度，恰是其思想起源期撰写的那些文学作品、哲学笔记和博士论文涉及的议题，在其中都可以找到非常充分的论述和分析。这也有力地说明，成年时期马克思的性格特征中相当部分是由青少年生活的经历及其所受的教育塑造和培育起来的。

2. 现实关切

马克思在其博士论文中强调自我意识的作用，但又反对将其绝对化，认为自我意识作为客观精神的体现，不能脱离现实，相反地必须从与它对立的物质世界中引出理性。正如自由对于人来说是最重要的，但现实中存在的是"定在中的自由"。这一点导致了马克思与作为其先贤和同道的青年黑格尔派思路上的分歧，最终双方决裂。自此之后，倾注心力关注和研究现实境况和发展就成为马克思一生的追求和理论建构最重要的基础。延续这一意向，马克思更为精彩的论述和思考不断涌现，诸如：提出"要使事物本身突出"，强调用事物本身的语言来说话，认为对事物的探讨是受被探讨的对象本身的性质影响的，而探讨的方式应该随着对象而改变，"我把可笑的事物看成是可笑的，这就是对它采取严肃的态度"。

而马克思思想起源期最重要的哲学理念——"世界的哲学化同时也就是哲学的世界化"，随后在"《莱茵报》—《德法年鉴》时期"传承、升华为一种更精彩的哲学观："任何真正的哲学都是自己时代精神的精华，因此，必然会出现这样的时代：那时哲学不仅在内部通过自己的内容，而且在外部通过自己的表现，同自己时代的现实世界接触并相互作用。……哲学正变成文化的活的灵魂，哲学正在世界化，而世界正在哲学化。"在马克思看来，"哲学家并不像蘑菇那样是从地里冒出来的，他们是自己的时代、自己的人民的产物，人民的最美好、最珍贵、最隐蔽的精髓都汇集在哲学思想里。正是那种用工人的双手建筑铁路的精神，在哲学家的头脑中建立哲学体系。哲学不是在世界之外"，哲学虽然"是用头脑立于世界的"，但在这之前，人类"早就用双脚扎根大地，并用双手采摘世界的果实了"。"正如一道代数方程式只要题目出得非常精确周密就能解出来一样，每个问题只要已成为现实的问题，就能得到答案。……问题却是公开的、无所顾忌的、

支配一切个人的时代之声。问题是时代的格言，是表现时代自己内心状态的最实际的呼声"。

据此，马克思批评脱离实际、没有现实关怀的"德国哲学"，认为其"爱好宁静孤寂，追求体系的完满"且"不是通俗易懂的"，"在自身内部进行的隐秘活动在普通人看来是一种超出常规的、不切实际的行为；就像一个巫师，煞有介事地念着咒语，谁也不懂得他在念叨什么"。他还严厉警告曾经是同道的"自由人"的空谈，要求他们"少发些不着边际的空论，少唱些高调，少来些自我欣赏，多说些明确的意见，多注意一些具体的事实，多提供一些实际的知识"。

在上述理性思考的基础上，马克思毕生保持着对现实重大问题的敏感，他的著述中时事评论占了绝大部分，这不是偶然的。他关注的焦点包括：书报检查令和出版自由问题，关于林木盗窃法的评论，摩泽尔地区葡萄农的贫困问题，资本时代工人阶级的贫困问题，法国大革命的后果和政治局势的变化，共产

Marx und die Internationale

Nach seinem politischen Engagement in Deutschland während der Revolution 1848/49 fand Karl Marx eine neue politische Bühne in der Internationalen Arbeiter-Assoziation (IAA). Deren Aufgabe sollte sein, die internationale Zusammenarbeit der sich herausbildenden Arbeiterorganisationen zu befördern. Auch sollte die Anwerbung ausländischer Arbeiter als Streikbrecher bereits in deren Heimatland verhindert werden. Bei der Diskussion über die Prinzipien der IAA konnte sich Marx durchsetzen. Er wurde in das von englischen Gewerkschaftsführern dominierte Leitungsgremium aufgenommen.

始终关注现实和实践是马克思主义哲学的一个重要特征。图为特里尔马克思故居博物馆展览中的文字说明，叙述马克思与国际工人联合会（第一国际）的复杂关系。

主义流亡者的命运和科隆共产党人案件，巴黎公社起义，西班牙革命，18世纪欧洲外交史内幕，德国工人运动及其政党的状况，社会主义者同盟和国际工人协会的发展，波兰、土耳其和爱尔兰问题，俄国社会发展道路乃至印度和中国的状况，等等。这是其思想起源期确立的致思路向的传承和发展，是真正的"接着讲"的范例。

3. 启蒙意识

马克思还是在近代启蒙主义的培育下成长起来的。在其思想起源期，这种影响是通过其父亲、老师等人的言传身教，及课程和书籍被动地、无意识地渗透而来，到了后期，他便主动地、有意识地对启蒙运动的整个过程及其代表人物的著述、思想展开了非常详尽和深入的研究。举凡"《莱茵报》时期"的政治评论、"1842—1843年通信"、《黑格尔法哲学批判》及其《导言》、《论犹太人问题》、《1844年经济学哲学手稿》、《神圣家族》、《关于费尔巴哈的提纲》、《德意志意识形态》、《哲学的贫困》、《共产党宣言》、《法兰西阶级斗争》、《路易·波拿巴的雾月十八日》、《流亡中的大人物》、《革命的西班牙》、《18世纪外交史内幕》、《〈政治经济学批判〉导言》、"美学笔记"《1857—1858年手稿》、《政治经济学批判（第一分册）》、《1861—1863年手稿》、《1863—1867年手稿》、《工资、价格和利润》、《法兰西内战》、《社会主义民主同盟和国际工人协会》、《哥达纲领批判》、"历史学笔记"及《资本论》第一、二、三卷等著述中都可以找到他关于启蒙运动过程、人物及其著述的叙述、梳理、评论和分析，尽管详略程度不一，但从中不难看出，他对启蒙运动的关注始终如一。

更为重要的是，启蒙运动所体现的精神，即怀疑、反思、否定、批判等，已经内化为马克思的一种品格和气质，在思想起源期萌芽之后，逐步发展成为一种完整的理解、深刻的表述和主动的行为，并贯彻在其理论和实践之中。较之于组诗《献给亲爱的父亲的诗作》中初步触及的德国国民性，马克思后来的批判更上升到"哲学"的层次。这里我们要特别梳理一下与其思想起源期密切相关，甚至可以说是由此萌生进而形成完整论述，却为大多数研究者所忽视的"庸人及其国家论"。

针对当时的普鲁士实行的立宪君主制，马克思予以实质性的揭露和剖析。在他看来，德国社会最重要的症结在于，它是"属于庸人的"，是一个庸人的世界、庸人的社会，或者说庸人是这个世界和社会之主；正如尸体充满了蛆虫一样，世界上充满了庸人。而庸人当道，需要的是奴隶，而他们是"这些奴隶的占有者"。奴隶没有自由，占有者也并不需要自由，从这个意义上说，"他们和他们的奴隶一样，都是庸人"。庸人既不愿做自由的人，也不愿做共和主义者。他们的希求与动物一样，只是卑微的生存和繁殖；或者更准确地说，作为一个人他们也许知道自己该希求哪些属于自己的东西，但为人"非常审慎"的德国人在政治的淫威下，就不再做非分之想，"不再希求别的"了。马克思把这归结为"庸人的世界是政治动物的世界"。这里的"政治动物"有两个方面的含义：一是指在这样的社会中不管是什么职业、什么阶层的人都关注政治，政治是国家、社会生活的焦点和中心；二是指在政治的统帅和辖制下，每个人都分为不同的等级，形成严格的差序格局、规则和制度，而"非人化"就成为这种制度的原则和特征。

统治者与被统治者是相互影响、相互造就的。众所周知，当时普通的德国人为人处世是非常审慎和现实的，愿望、志趣和思想都不会超出其局促而贫乏的生活范围。在国家生活中，他们是被统治者，而统治他们的则是一个完整的官僚科层体系，从基层的普通军官和乡村容克（德语Junker的音译，原指无骑士称号的贵族子弟，后泛指普鲁士贵族与大地主），直至上层的世袭贵族和君主。尽管这些统治者也比较实在，同样没有特别的思维能力乃至作为人的尊严，但他们可以利用和"塑造"普通大众：统治者的统治造成大多数人像动物一般无头脑或非理性的崇拜，而统治者在接受普通人的敬意并俯视这些芸芸众生时则往往趾高气扬、不可一世。这也再次充分表明君主制的特征和原则就是轻视人、蔑视人、使人非人化。在统治者眼里，总是把绝大多数普通人看得很低贱，因为他们终日沉陷于庸碌生活的泥沼之中，像癞蛤蟆一样，有时被吞没，有时又露出头来，无论怎样，他

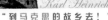

们最终都会沉沦下去。

愚蠢的人与愚蠢的制度是相互佐证的。"庸人是构成君主制的材料，而君主始终只是庸人之王。"君主制是对人权的戕害，长期施行的结果必然是："国王就既不可能使他自己也不可能使他的臣民成为自由的、真正的人。"更有甚者，国王的"功业"还会加固原有制度的基础，使国家的现代转型更为艰难。当世界已经不是铁板一块，当别的国家已经发生了新的变革，愚蠢的制度和体制在国内外已经丧失尊敬，马克思更加忧虑德国这艘"愚人船"未来的命运。

马克思以德国的君主专制为剖析重点所完成的对"庸人及其国家"制度的考察、揭露和分析，真可以说淋漓酣畅而又入木三分，由此引发了一系列观点，诸如人与制度、被统治者与统治者之间的相互影响和塑造，"坏的政治"对哲学思维和思想生态的破坏，沉溺于思辨和自由、一味激进地批判和鲁莽地行事将一无所获的分析，不能满足于现实的"时针的运动"、更在意"分针的运动"的筹谋等，均构成其思想发展最精彩的篇章，是其他毕生社会批判的价值前提。这些思想既是对启蒙精神的继承，更是一种完善和超越，即使在当代政治哲学体系中也是非常重要的建构，堪称卓见。

著名的德裔美籍犹太哲学家汉娜·阿伦特以对"极权主义"的探究而蜚声20世纪世界思想论坛。1961年，纳粹党卫军高级将领艾希曼（Adolf Eichmann）在耶路撒冷遭

尽管汉娜·阿伦特（Hannah Arendt, 1906—1975）对马克思本人的思想存在相当程度的误解，但她关于"反抗'平庸之恶'"的分析与马克思的"庸人及其国家"论之间有着一定的关联，可以说，马克思是她这一思想的先驱。

审判，阿伦特带着极大的兴致对这一事件进行了考察和思考，进而提出著名的论断，即在极权政体下盛行的只是"思维的匮乏"（thoughtless）和"罪恶的平庸性"（the banality of evil）。殊不知，马克思早在1842—1843年围绕《德法年鉴》的创办而与他人进行的大量通信中，就提出了"庸人及其国家"论，分析了在专制政治的淫威下庸人苟且生存、缺乏独立思维的机制和状况。从一定意义上说，马克思是她这一思想真正的先驱。尽管阿伦特并不知晓马克思有如此深刻的见解，因而她对马克思多有误解；但她的以下说法还是有一定道理的："马克思在以往的大思想家中独一无二，他不仅使得我们去关注今天还没有能够摆脱的那种困境，而且也可以说是被极权主义这个新的统治形态所利用，或者可以说被误用的人物。"对此，我们姑且将其视为她的一种自我反思吧。

当我把在特里尔所获得的感受统摄起来进行思考的时候，一个鲜明的处于思想起源期的马克思理论结构雏形及其特点就呈现出来。可以明显地看出，源远流长的古希腊—罗马文明、犹太—基督教传统、近代人道主义、启蒙思潮和自我意识学说，不仅构成了马克思成长的思想资源和历史背景，更作为一种文化基因浸润在其幼小的心灵中。而其家庭氛围、自然环境和学校教育孕育出他初期的启蒙意识、人文情怀和自我意志等，这些因素以一种相互关联的逻辑显现出来，促成了他最初的思考和思想的起源，并对他以后的社会批判和哲学变革产生了深刻的影响。作为青年黑格尔俱乐部的成员，马克思与当时德国思想论坛的新鲜气象相互交融，但又显现出他的独特性。所以，作为其早期思想探索的结晶、其思想起源期代表性作品的"博士论文"，虽然没有如其所愿得以正式出版，却赢得极高的评价，这就不是偶然了。

那么，究竟该如何估量这些思想与马克思后来理论发展的关系呢？受传统的"不成熟—成熟"解释思路的影响，许多论著注重从《德意志意识形态》《共产党宣言》《资本论》等文本所表述和建构的历史唯物主义、社会主义学说和政治经济学来勾勒和"塑造""马克思"的形象，而不去追究其思想起源期这些观念和价值因子是如何渗入、转化并融合的，甚至无视或者看轻后者的存在和意义。事实上，无论是作为狭义的启蒙运动（Die Aufklärung）还是作为一种更为广泛的社会思潮和思想观念的启蒙意识，在马克思的一生中都发挥着持续的影响。后来他对整个启蒙运动的起源、进程、后果和影响做过详尽的了解和深刻的把握，对霍布斯、洛克、孟德斯鸠、伏尔泰、狄德罗、卢梭、康德、黑格尔等代表性人物及其著述和学说进行过深入的研究，尤其是其中所张扬的理性主义、批判精神、平等观念、自由意识、创新意向等也成为马克思透视和批判资本的重要思想资源和价值意旨。更准确地说，马克思是在这些思想巨匠奠定的基础上前行的，这些相当程度上根源于其思想起源期确立的价值追求。作为德国本土产物的浪漫主义让马克思的心灵产生了强烈的感应，并深刻地影响了他的气质。诺瓦利斯（Novalis）、施莱格尔兄弟（F.Schlege und A.Schlegel）、席勒和施莱尔马赫乃至歌德和海涅等人在怀抱理想、批判现实、憧憬未来等方面的追求赢得了马克思的认同，且他们对启蒙运动的反省、对机械唯物主义和早期工业化社会的抗议，渴望心灵宁静、追求"无限"和"永恒"的意向都可以在马克思的书信、手稿与笔记中找到回应。所以，单纯用"激进""决裂""威权""斗士"等来诠释马克思的思想形象，不仅是单向度的，而且可能存在极大偏差。

在对马克思主义的大量否定性评论中，"人学空场说"至为流行。西方有学者认为，马克思主义不关心人，特别是不关心个体生活的体验和情感，不是以人，而是以物、以物质生产作为出发点和归宿。仔细甄别可以知道，让-保罗·萨特（Jean-Paul Sartre, 1905—1980，法国存在主义哲学家、社会活动家）提出这一判断的原始考虑，针对的并不是"马克思的马克思主义""真正的马克思主

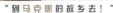

作为存在主义哲学家，
让－保罗·萨特一方面认
为，马克思主义存在一个
"人学空场"，而"存在主
义是一种人道主义"；另一
方面又指出，马克思主义
"仍然是我们时代的哲学：
它是不可超越的，因为产生
它的情势还没有被超越"，
所以，致力于"存在主义的
马克思主义"的建构。

义""活的马克思主
义"，而是"懒散的
马克思主义""停滞
的马克思主义""当
代马克思主义"。但
他本人也常出现混淆，更不用说其他言说者了，他们总是把
对"具体的人""现实的个人"的深切观照排挤出马克思的
思考论域，这是多么大的误解！"博士论文"在对自然（原
子世界、天体现象）的观照中探究出来的自我意识的哲学内
涵，在马克思之后对资本社会的批判、革命实践的讨论中始
终蕴含、贯彻和体现着。在物的世界中看到人的价值的贬值
和异化，在不自由的世界中探索通往自由之径，在"虚假共
同体"的强制和禁锢中寻找"现实的个人"的出路，始终是
马克思"毕生研究和生活的灵魂之所在"。

　　然而，我们又不能把马克思思想起源期的思想解释成

一种纯粹的"观念论""唯意志论"和极端"主体论"。

"成熟时期"的马克思是个规律论者，认为无论自然还是社会，现象纷纭复杂，世界变化万千，但背后有深层的本质和结构，受必然性的支配，所以认识世界就是"透过现象看本质"，把握其结构和规律，反过来对现象做出解释和变革。这是他的思想与其他唯物论、规律论一致之处。但从马克思的具体文本看，他在阐述这些观点的同时又特别注意问题的另一个方面，即总是要对社会规律与自然规律做出区分，认为二者只是"相似"而不能完全"等同"，即不能用自然规律的"因果必然性"去理解社会历史的发展，原因在于"现实的个人"因素的参与使社会的状况和变化受到主体活动强烈的影响。这当然不是说否定社会发展的规律性，认为社会发展史即是观念、精神演变史，但完全无视和根本抹杀主体因素，也是非常错误的——它将导致对社会认识的简单、表面和肤浅。从这一点上说，马克思的思想与其他唯物论、规律论又有很大的不同。可以说，马克思之规律论，是一种"弱规律论"，而不是"强规律论"，这绝不意味着马克思思想的不彻底，相反正是其哲学思维具有现代性的体现！

最后，我特别认真地梳理和思考德国社会的现代转型与马克思学说的命运。

我在特里尔感受到的只是马克思思想起源期的状况，但后来马克思的思想不仅有了极大的深化和发展，更重要的以此为基础创立的马克思主义引发和参与了世界范围

我在特里尔大学汉学系做讲座的广告，师生们对当代中国的发展以及与马克思主义的关系很感兴趣。

内社会结构的重大革命和新的建构，深刻地影响了各个国家、民族的历史进程。有两个问题特别引起我的思考：

第一，马克思的思想是怎样参与历史建构的？

鉴于国内学界关于苏联和中国特色社会主义的论述很多，这里我特别梳理一下与马克思最切近的德国社会的发展，用马克思的话说，即这艘"'愚人船'的命运"是如何被拯救的。

"愚人船"（Das Narrenschiff）意象来自15世纪德国杰出的讽刺作家塞巴斯蒂安·布兰特（Sebastian Brant）的同名诗作，它讲述的是一艘载着110个愚人的船在海上漂泊的故事。在前往目的地愚人镇的漫长日子里，这些人为打发时光，或者轮流做自我介绍，或者讲述他人的故事，以此将人类"已经深入自己骨髓"的"愚蠢"的各个面相一一展示出来，诸如愚昧、轻率、鲁莽、狂妄、自负、傲慢、放肆、堕落、荒淫、贪婪、吹牛、欺诈、偷盗、冷漠、缺乏信仰、追名逐利、唯利是图等；而作者自己也在其中

"现身说法"，一路与愚人们相伴，领悟到人的负面性格不是一下子展露无遗的，而是被"发现"的，"作为智力方面的愚蠢可以被具体地量化"、分解，相互之间盘根错节又节外生枝。当然，作品的用意并不止于"揭露"，最终目的是希望人能够认识自己、认识愚蠢，通过理性来治愈它们，认为这才是智慧的表现和开始。也就是说，在大海上游弋的"愚人船"，既可以由于愚蠢而"无可避免地走向崩溃和灾难"，也可以被智慧和聪明所拯救，驶进充满阳光和温暖之港。

这部在德语文学中占有重要地位、在歌德书信体小说《少年维特之烦恼》面世前影响最大的作品给予马克思深刻的启迪，他把整个德国也看作一艘庞大的"愚人船"。不同于文学家的感性罗列和现象解释，马克思把统摄"愚人"各种性格的根本点归结为没有独立的思维。他一针见血地指出，德国是一个充斥着庸人的世界，德国人软弱、盲从、苟且偷生的性格是奠定进而巩固专制制度的基础。对专制主义的这种态度和分析也成为马克思毕

愚人船（Narrenschiff）意向来自文艺复兴时期的想象图景：奇异的"醉汉之舟"沿着平静的莱茵河和佛兰芒运河巡游。塞巴斯蒂安·布兰特的同名作品是一部叙事诗集，面世以后产生了巨大的轰动效应和文学成就。马克思在著述中以此来喻指"德国未来的命运"。

生对资本、权力与偶像进行深刻批判中最重要的内容之一。奇怪的是，后来不少批判者竟然把马克思与专制主义（Despotismus）、极权主义（Totalitarismus）联系起来，这是多么大的逆转和误读啊！

德国社会现代化的实践也对马克思的思考和论证做出了检验。按照马克思的理解，社会革命的关键在于人的观念变革、在于"思维着的人"真正成为"庸人及其国家"的主宰，这首先是对统治者的挑战，考验在个人权力、国家地位和"现实的个人"的命运中他们会做出何种抉择。德国现代史历经"王权式微——'铁血'统一——帝国体制——共和宪政——纳粹专政——福利社会——民主体制"等不同阶段，而作为统治者和政党组织的威廉四世、俾斯麦、希特勒和社会民主党的角色与地位次第更迭，历经艰难，才逐步将一艘"愚人船"从险境引入了坦途。

威廉四世认真思考了自由主义者的主张，因而产生同情之心，不再处处阻止其活动。他还放宽了报章审查，甚至于1847年召开了一次国会。但是他的"放宽"是有限度的，即拒绝给予国会任何宪法上的权力。1848年法国二月革命引发的风潮波及德意志各邦国及普鲁士，同月在慕尼黑、次月在柏林爆发起义和革命，威廉四世意识到原先的改革已经无法满足人民的要求，被迫部分同意由自由派组阁、召开立宪会议。同年3月在法兰克福召开了国民议会，起草了联邦宪法，决定保留威廉四世的皇位，但规定其没有对法案的否决权。威廉四世拒绝了这一方案，解散了议

会，德意志革命最终在专制势力的镇压下失败，但作为妥协，他被迫接受宪法，同意国民拥有言论和出版自由。

德国资本主义的发展迫切要求结束封建城邦割据，实现国家的统一。但是用什么方式统一呢？有两种不同的选择：一是通过自下而上的革命，先推翻各邦王朝，再建立统一的共和国；二是自上而下，通过王朝战争建立统一的君主国。最终德国选择了后者。1862年9月，强硬的普鲁士宰相俾斯麦提出停止内部对抗、"聚集力量"共同对外的主张，宣称："关于时局的许多重大问题，并不是靠演说和大多数的议案就能决定了的，唯有用铁血政策方能解决。"这就是著名的统一德国的"铁血政策"，即在"为德意志民族利益"的口号下，凭借战争手段和军事力量击溃阻碍德国统一的国内外势力。俾斯麦最终完成了统一大业，1871年1月18日，德意志帝国成立。但因其罔顾社会

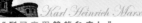

奥托·爱德华·利奥波德·冯·俾斯麦（Otto Eduard Leopold von Bismarck，1815—1898），德意志帝国首任宰相，著名的"铁血宰相"（Eiserner Kanzler）在位期间，实行独裁政策，通过战争统一德国。

指责、无视议会决策、独断专行的做法，他所奉行的"铁血政策"后来发展为"独裁和战争"的代名词。统一国家的功绩毋庸置疑，但是否必须以战争、流血的方式来进行？所谓"统一"也包括思想上的一致和服从吗？为什么在统一之后德国不得不多次进行走向共和的尝试？事实上，在统一之前马克思就做出了这样的评判："它的真专制与假民主，它的政治面目和财政骗局，它的漂亮言辞与龌龊手腕。"这与马克思思想起源期的思索的意旨完全一致，而与列宁所谓"俾斯麦依照自己的方式，依照容克的方式完成了一项历史上进步的事业"的说法是有差池的。

声名狼藉的"纳粹"是德国的特产，其德文的全称却是Nationalsozialismus，即"民族的社会主义"；其党派则是Nationalsozialistische Deutsche Arbeiterpartei，即"民族的社会主义德国工人党"。魏玛共和国时期成立的这一组织，其目的无疑也是国家的强盛，但在党首阿道夫·希特

声名狼藉的"纳粹"头子希特勒及其狂热的信徒。德国这艘"愚人船"在其操控下不仅阴沟翻覆，而且遗毒当代。

勒统治下，成为以"纳粹"反对共产主义、资本主义、犹太主义，依靠狂热分子支持的独裁和专制的军事、政治集团，为了一国之利、一党之私、一人之名，不惜发动战争、侵犯他国、消灭异类、荼毒生灵，这是什么样的"民族的社会主义"？德国这艘"愚人船"在纳粹的操控下不仅阴沟翻覆，而且遗毒当代。

最终拯救德国这艘"愚人船"的重要力量是德国工人运动及其政党——社会民主党（Sozialdemokratische Partei Deutschlands）。不管历史渊源多么复杂，作为现在世界上唯一与马克思、恩格斯生前有过直接关系的政党，它起源于工人运动的实践，曾经有着明确的社会主义性质和方向，后来在致力于建设社会福利的前提下，接受了包括自由主义在内的思想观点，在意识形态上从"向革命性的马克思主义看齐"，"逐步但非正式"转向试图通过"以民主的合法的手段""以改革的方式来实现社会主义改造的目标"。1959年出台的《哥德斯堡纲领》，提出其核心价值观和理念"植根于欧洲的基督教伦理、古典哲学中的人文主义"。1989

年修改、1998年补充的《柏林纲领》首次明确其"思想源自基督教、人道主义哲学、启蒙主义、马克思的历史—社会学说以及工人运动的经验"。2007年的《柏林纲领》再次认定，民主社会主义"植根于犹太教和基督教，人道主义和启蒙意识，马克思主义的社会分析和工人运动的经验"。这标志着德国社会民主党既承认马克思主义的指导地位，但又不定于一尊。他们把社会正义作为主要目标，致力于经济发展和利益的公平分配，保护弱势群体的权利，使公民更好地享受社会福利；致力于民主法制和开放式社会的建设，积极支持公民参政，逐步夯实自由、正义和团结的基石；在国际工作上采取比较积极的欧洲一体化和多元合作的对外政策。当然，今天德国的政党形态多元而复杂，特别是基督教民主联盟（Christlich Demokratische Union Deutschlands）也发挥着关键的作用和影响。

历经磨难和坎坷，德国最终成为一个经济发达、制度完善、政治民主化和国民生活水准很高的国家；更为重要的是，这个在历史上就被称作"诗人与思想家的国家"（Das Land der Dichter und Denker），不仅以"德国古典哲学"和马克思主义的建构奠定了现代西方哲学的基石，而且以人文科学、自然科学的卓越成就，展示了人类思维和精神创造所能达及的视野、高度和深度。马克思当年忧虑的"愚人船"在一大批充满创造活力而又个性鲜明的"思维着的人"的拯救下，不仅没有遭致翻船沉没的命运，而且开辟出一片新的天地，一段美妙的航程。

马克思主义在多大程度上参与了当代德国的发展及社

2017年2月12日，来自德国社会民主党的弗兰克—瓦尔特·施泰因迈尔（Frank-Walter Steinmeier，1956—　　　）当选德国总统，成为德国自第二次世界大战以来的第12任总统。

会建构？这显然是一个非常复杂的课题，笔者也不会天真地认为马克思的理想和价值追求在他的祖国得到了实现，进而简单地将二者归结为"理论—实践"的对应关系。然而，马克思主义在其中发挥了一定的影响，提供了思考、解释德国历史和发展的一种维度，则是毋庸置疑的。而当我们回首这一切并进而反思现实状况和境遇的时候，马克思思想起源期那些卓越的思想和观点的超越性质与当代意义，就会愈加深刻地显现出来。

第二，今天究竟该如何对待马克思主义？

今天面对新的时代境遇和全球化态势，总结20世纪马克思主义发展和国际共产主义运动的经验、教训，这个

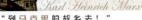

问题更加尖锐地摆在我们面前。对此，众说纷纭，莫衷一是。我们不打算从理论上抽象地分析，而是主张"回到马克思"进行梳理，因为在马克思主义史上，马克思是第一个自觉地思考过"如何对待马克思主义"这个问题的人，特别是他在晚年提出了非常明确的看法，具有重大的理论价值和现实意义。

从1867年《资本论》第一卷出版到1883年马克思去世，马克思的理论创作和实践活动极为耐人寻味。

首先，马克思为《资本论》的整理、修订和扩充持续不断地努力，但始终没有完成定稿工作。这其中既涉及对以往建构的理论体系及其方法、原则的反复斟酌，诸如业已完成初稿的第二、三卷的内容如何编排，原来"六册计划"是否依然有效，数学分析之类的方法如何有助于理论的科学化，等等；又触及原来关注不够或者没有引起注意的经济现象的分析，诸如金融、银行业和土地制度问题；还有就是20世纪70年代之后资本世界的新变化。大量新现

《资本论》第一卷马克思自注本。1867年9月14日在汉堡首版，之后一直到去世，马克思都在对业已完成的《资本论》全部手稿不断进行修订、整理、补充、扩展和思考。

象的涌现，使他放弃了"完成"一部成型、完整的著述的工作，而是深入探究更为深刻的自我反思、材料积累、视野拓宽及相关复杂问题和现象。

其次，马克思意识到自己的理论与实践之间关系的复杂性，突出表现为他与德国社会民主党之间微妙的关系。德国特里尔马克思故居博物馆的展览以列表的形式再现了这种关系，即1863年斐迪南·拉萨尔创立"全德意志工人联合会"（拉萨尔派，ADAV）；1869年奥古斯特·倍倍尔和威廉·李卜克内西创立"社会民主工人党"（爱森纳赫派，SDAP）；1875年二者整合成为"德国社会主义工人党"（SAPD）；1891年起改名为"德国社会民主党"（SPD）。展览解说词同时指出，马克思对前两个派别组织合并的态度是很矛盾的，一方面他同意两派的整合，另一方面又对整合后的纲领很不满意，于是写作了《哥达纲领批判》。但他的意见并没有被接纳和吸收，所以，事实上"马克思生命历程的最后十年，不再专注于政治活动和工人运动，而是致力于历史和人类学的研究"。

最后，马克思发现了自己以往研究不够乃至完全不知的盲区，即对于东方发展道路和古代向现代转型过程的讨论。为此他自学了俄语，撰写了大量有关人类学、历史学的笔记，而在他几乎没有自己评论的大量史料的梳理中，原先建构的唯物史观的理论框架得以大大突破：他与基督—犹太传统的关联，与近代人道主义、启蒙思潮和科学理性的瓜葛，他倾心探究但又极为困惑的资本主义的发展……都以隐晦的方式显示出来。

马克思晚年的努力是他之前工作的继续，虽然没有写出完整、成型的著述，但其中蕴含着极大的思想建构的空间和多元实践的路向。更为可贵的是，马克思比以往任何时候都更自觉地思考了其学说未来的命运，当自己的思想、苦心在当时已经不能被忠实地理解和转换时，他发出沉郁的慨叹："我只知道我自己不是马克思主义者。"这句振聋发聩的话该如何理解呢？谨根据我所掌握的文献特作如下的分析，即马克思提醒后继者不能把他的学说理解和演变为——

作为"超历史"的"万能钥匙"的马克思主义。1877年，马克思在《给〈祖国纪事〉杂志编辑部的信》中，谴责了米海洛夫斯基把他"关于西欧资本主义起源的历史概述彻底变成一般发展道路的历史哲学理论，一切民族，不管它们所处的历史环境如何，都注定要走这条道路"，认为"他这样做，会给我过多的荣誉，同时也会给我过多的侮辱"。接着就举了《资本论》中的几处论述来详加分析，指出他的学说不是"一把万能钥匙"，不是"一般历史哲学理论"。

"当作标签贴到各种事物上去"的马克思主义。现在流传下来非常明确地披露马克思上述慨叹的文献来自恩格斯1890年的几封书信。在8月5日致康·施米特（Carl Schmit, 1863-1932，德国社会民主党人，经济学家和哲学家）的信中恩格斯指出，马克思特别反感把"唯物主义""唯物史观""当作标签"，只看重马克思主义哲学"依赖于物质存在的条件"而"排斥思想领域反过来对物质存在方式起作用"，把唯物史观解读为"经济决定论"，使"唯物主义"这个词成为"只是一个套语"，"一把这个标签贴上去，就以为问题已经解决了"；在8月27日致保尔·拉法格的信中他再次痛斥这样的"马克思主义"者，设想"马克思大概会把海涅对自己模仿者说的话转送给这些先生们：'我播下的是龙种，而收获的是跳蚤'"。

作为政治斗争工具的马克思主义。德国社会民主党围绕合并展开了旷日持久的斗争，而且两派之间都声称其主张符合"正统的"马克思主义。虽然不能协调他们之间的矛盾，但马克思敏锐地觉察出，他的学说有被利用的危险。1878年，在给奥古斯特·倍倍尔、威廉·李卜克内西和威廉·白拉克等人的信中，他说自己不担心身后其思想被湮没，而是要特别警惕他的学说以后会沦为政党政治斗争的工具和占统治地位的"国家哲学"，认为那样会"窒息精神创造的本质"，并且举例说黑格尔哲学就是这样衰落的。

垄断思想解释权的马克思主义。同样针对拉萨尔、倍倍尔、李卜克内西等在德国社会民主党内展开的纷争，马克思还发出这样的痛心之语："你们应该明白：把马克思主义垄断化并使它成为一种国家宗教，就意味着卡尔·马克思精神的死亡，而这种精神正是他毕生研究和生活的灵魂之所在。"这里必须强调指出，马克思的这种说法当然

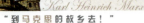

准确理解马克思的思想是坚持和发展马克思主义的前提条件,悉心研读原始文本、文献是理解其思想的重要途径。图为特里尔马克思故居博物馆展出的马克思手稿复印件。

"我一直在坟墓的边缘徘徊。因此,我不得不利用我还能工作的每时每刻来完成我的著作,为了它,我已经牺牲了我的健康、幸福和家庭……"马克思1867年的自况。

»Ich mußte
also jeden
arbeitsfähigen
Moment
benutzen, um
mein Werk
fertig
zu machen,
dem ich
Gesundheit,
Lebensglück
und
Familie
geopfert habe.«

Karl Marx, 1867

有特殊考量和具体语境,所以也不能无限地延伸、引用和肆意发挥,特别是不能用来对当代现实进行直接评论,但他生前对将其理论和方法做简单化、极端化、"顶峰论"理解的倾向保持高度警觉并且做出严厉批评,真正显示了他的高瞻远瞩,确实发人深省。

鉴于以往的教训,我多么殷切地希望国内的同行,不再以"当代""现实"做借口习惯性地去马克思著作中寻章摘句和断章取义,不再满足于"外围言说"和宏观展望、定性、评点,不再纠结于所谓"马克思的当代性"与"回到马克思"的关系这样虚假的问题,人为地截断当代马克思主义理论和实践与马克思思想之间天然的、内在的联系。假如号称马克思主义的研究者心思已经不在马克思身上，根本就不读马克思的书或者认为不值得读；假如号称信仰马克思主义的人理解的是"没有马克思的马克思主义""与马克思无关的社会主义"；假如满口马克思主义的中国化、现实化、大众化不过是掩盖其研究中的懒惰、投机、缺乏专业性积累和理论功底的薄弱；假如信誓旦旦地坚持马克思主义而始终停留在"原则阐释"或者改革开放之前所理解的水准——马克思主义研究就有可能离马克思越来越远，所谓"发展"和"创新"马克思主义就会沦为空谈。

咀嚼着对马克思思想获得的这些理解，在这座古老、静谧而美丽的小城，我度过了将近一年沉寂、专注而心安的时光。2018年将迎来马克思诞辰200周年，近两个世纪沧桑变迁，这里早已物是人非。在这并不处处彰显马克思的地方，其精魂和文脉依然有迹可循，氤氲弥漫。作为一个专门从事马克思文本、文献及其思想研究的学人，能到马克思生命诞生、思想起源之地进行考察、研究，是我很久以来的愿望；而今夙愿以偿，倍感欣慰。当我完成了既定的工作，带着众多的信息、见闻和思考离开这里的时候，禁不住向国内的同行、向真正试图了解马克思及其思想的人发出真诚的呼吁——

"到马克思的故乡去！"

2016年1月29日

于Husarengäßchen 5，Irsch Trier 草就

后记

挽留不住的时光，不曾淡漠的记忆！而今我又以这本小书拷贝和保存了当初的见闻和感受。当然，这些并不是事先计划好了的。

倏忽间，从德国回来已经整整一年了。这期间，除了完成教学任务，主要的一项工作是修改在特里尔已经大致完成的一本重新讨论马克思思想起源的书稿，其中的"引言"部分记述了马克思故居博物馆的情况以及我在那里工作和生活的经历。据此，我也应邀在几所高校做过讲座。很受知识界推崇的《读书》杂志的编务颜峥看到这份"引言"后，征得主编的同意很快进入审稿程序，决定先行发表（由于刊物篇幅所限，由原来的近两万字缩减为六千字），之后又经过其精心编辑，在该刊微信公众号上推出。不料，这篇并不是严格学术意义上的文章却成为我迄今为止发表的190余篇论文中传播最广的一篇。国内专业界、朋友圈的流传不必说了，遥远的特里尔与北京有七个小时的时差，微信发出的第二天凌晨，一打开手机，我就收到来自那里的很多朋友温情的祝贺。信息把我们联系在了一起——"世界真是太小了"！

广东教育出版社的陶己总编和李红霞老师看了《读书》上的文章，又了解到我在德期间还曾拍摄过一些照片，随即做出决定，出版一本"青春彩绘版"的《"到马克思的故乡去！"》。为此，她们一行两次来京到我办公室专谈此事。起初，我很踌躇，虽然知道现在已经进入了"读图时代"，人们追求"视觉效果"，书店里的畅销书都配有插图，或者干脆是图文各半乃至以图为主，但我多年来写作和出版的都是文字书籍、学术作品，从来没有产生过以这种形式出版作品的想法，所以当时只是被动地答应考虑一下。但她们信心满满，给我介绍出版界的情况，并且很快启动程序，获得选题审核，送来出版合同，还说要尽快隆重推出。盛情难却，我就只好利用寒假，勉力完成本书了。

回首自己进入马克思主义哲学专业三十年的经历，"探寻一种切近的理解马克思的途径和方式"是我始终不渝努力的方向，这便成为这本小书"引言"部分的主题；考虑到这是一本向读者介绍马克思故乡历史和现状的普及性的读物，于是我以文字解说图片的方式展示了城内沧桑而凝重的古迹和城外旖旎而多彩的风景；又以自己在Irsch小镇生活的独特见闻和感受，分"初来印象""居民生活""我的房东""德文手迹""登岗琐记"几个专题，

具象地呈现了特里尔普通人生活的环境和状况；接着，我以比较大的篇幅从"历史传统""校园景致""学生生活""教授工作""学术会议"等方面介绍了特里尔大学的状况。

当然，我最关注的还是马克思在这里的生活、学习和思想起源期的情形，因此以"故居现况"为题，重点概述了位于Brückenstraße 10号的马克思故居博物馆的历史、现状以及展览的详细内容，此外，对位于Simeonstraße 8号的马克思另一处故居、位于Neustraße 83号的燕妮故居、位于Jesuitenstraße 13号的马克思就读过的威廉中学遗址，以及位于Johannisstraße 28号、现已关闭的特里尔马克思故居研究中心也一一做了简单的介绍。

现在留存下来表征"特里尔时期"马克思思想状况和进展的文献主要有：他最早创作的两首诗《人生》和《查理大帝》；中学毕业时的宗教、德语和拉丁语作文；围绕《德法年鉴》创办而写给卢格等人的著名的"1842—1843年通信"（其中5封是在特里尔写的）。我对这些文献的内容进行了初步的解读，它们展示了这一时期马克思心理和思想的成长、生活方式的抉择，以及后来走上现实批判和社会变革以寻求人的解放的坎坷道路的缘由。

综合起来，在特里尔所获得的上述见闻，不能不引发我更进一步的沉思。有的是零星生发的感慨，有的则是反复考量也难以寻找到答案的难题。诸如：特里尔的生活对于马克思一生的影响、马克思思想与西方传统之间的关系、究竟该如何诠释马克思的思想形象、德国社会的现代转型与马克思学说的命运、我们正在建设着的中国特色社会主义与经典马克思主义的关系，等等。我把自己初步的思考简略地表述出来，构成本书最后一部分的内容。

必须再次说明，本书的写作对于我来说是一次全新的尝试，各章之间篇幅不太均衡，写法上也有差异。特别是多年来的学术写作，使我养成每有引文都要详细注明出处的习惯，但这种方式并不适合这本"青春彩绘版"的普及性读物，所以我接受他人的建议，把引文后的注释删除了。这里特将书中征引的文献罗列如下：

1. Museum Karl-Marx-Haus Trier，Karl Marx（1818—1883）: Leben-Werk-Wirkung bis zur Gegenwart Ausstellung im Geburtshaus in Trier，2013.

2. Jonathan Sperber，Karl Marx，sein Leben und sein Jahhundert，Verlag C.H.Beck M ü nchen，2013.

3. Marlene Ambrosi，Jenny Marx，ihr Leben mit Karl Marx，Verlag Weyand，2015.

4. Diethard H.Klein und Teresa M ü ller-Roguski（Herausgegeben），Trier，Ein Lesebuch，Husunm Verlag，1986.

5. Grundsatzprogramm der Sozialdemokratischen Partei Deutschlands，Beschlossen vom Programm-Parteitag der Sozialdemokratischen Partei Deutschlands am 20.Dezember 1989 in Berlin，geändert auf dem Parteitag in Leipzig am

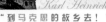
17.04.1998.\Beschlossen auf dem Hamburger Bundesparteitag der SPD am 28.10.2007.

6.《马克思恩格斯全集》第1、第47卷，人民出版社1995年版、2004年版。

7.《邓小平文选》第3卷，人民出版社2001年版。

8. 聂锦芳：《神性背景下的人生向往与历史观照———马克思中学文献解读》，《求是学刊》2004年第2期；《"到马克思的故乡去！"》，《读书》2016年第6期；《"思维着的人"的思索与"愚人船"的命运———重温马克思"1842—1843年通信"及其意义》，《哲学动态》2016年第10期；《滥觞与勃兴———马克思思想起源探究》，中国人民大学出版社2016年版。

全书所选300多张照片，绝大部分是我用自己的手机所拍，不是专业相机，我也没有任何拍摄技巧，都是路过之处，兴之所至，随手一拍。虽然真实地展示了当时的状况，但质量、构图的优化却根本无从谈起。这些还请读者谅解！此外，有些照片来自方海霞、钟慧娟、汪婷、章红新、徐鹏等老师和同学，我们一起外出游玩后，他们会把照片发给我，但现在我已经分不出哪一张是谁拍的了，还有几张历史文献照片来自网络，在此谨向朋友们、也向网站和作者致谢！

作为"2018年德国马克思年"国际学术咨询委员会成员，我现在与特里尔的同行保持着联系，衷心感谢Rainer Auts、Elisabeth Neu、Margret Dietzen、Christian Soffel和乔伟、梁镛、刘慧儒诸教授和老师，我们明年再相聚。

我本不是一个矫情的人，但在这里必须表达对妻子和儿子的感念！近年来，孤寂之感常袭心头，遭遇不平时情绪也难免波动，但家人的陪伴、包容和安慰，化解了胸中块垒，让我尽可能淡然而坦荡，坚守主业，看得长远。同样是教师，妻子除日常的教学、研究外，还要操持大部分家务，特别是一日三餐，应该说比我更为劳累；儿子处于青春成长期，对新事物抱有好奇和兴趣，但现在的教育体制和社会环境，使理想与现实常出现错位，小小年纪压力却不小。整整一个寒假，我们三人基本上待在家里，儿子复习功课，妻子写作，我则弄这本小册子。这是我们的常态，让我倍感温馨和充实。但我长年为自己的研究费心、费力，为他们付出很少，甚至未能给他们提供一个像样的生活空间，因此常感愧疚。

还要提及我的弟弟和学生。作为一个普通工人，弟弟在一家不景气的企业工作，收入很少，但他却用大量的时间和精力来读书，对很多问题的看法犀利而独到，对我"不忘初心"的忠告更是一种提醒和警示。除了妻儿，我现在日常交往最多的就是学生了，经常暗自苦笑：这是我的孤独，也是我的宽慰！每周五下午一次、很少间断的"学术共同体"的研讨，切实地促成了他们的成长，也延续了我自己的价值。

最后，我把这本小书送给那些鄙视、厌恶、无视马克思的人，本书有助于您理性地看待我们今天所处的时代，

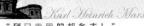

只要资本仍然是塑造世界的重要力量,马克思透视问题的方式和维度就不可或缺;献给那些对马克思抱有兴趣、但限于传统观念却并没有真正理解马克思的人,本书启示您应该转换框架和视野,更客观而到位地接近这位思想巨匠;作为我所承担的国家社科基金重大项目《重读马克思:文本及其思想》(16ZDA098)、教育部人文社会科学重点研究基地重大项目《马克思经典文本研究及其当代价值》(16JJD710004)、国家社科基金重点项目《基于最新文献的马克思重要文本再研究》(14AZX002)和中宣部文化名家暨"四个一批"人才工程自主选题项目《马克思文献学》的阶段性成果,我也将本书奉献给同行,期盼我们共同努力,推进马克思主义研究水准的提升和超越资本逻辑的社会主义事业的发展。

聂锦芳

2017年3月2日于北京大学人文学苑2号楼236室